AF209840

Namasté und Tschüss

Der kleine Krimi aus Rhede

Eva Bennemann

Von der Autorin bereits erschienen:

2021 Angenadelt

2022 Essen is(s)t fertig

2023 Kunterbunt

© 2024 Eva Bennemann

Covergestaltung: Eva und Elias Bennemann

Verlag: BoD · Books on Demand GmbH, In de Tarpen 42, 22848 Norderstedt
Druck: Libri Plureos GmbH, Friedensallee 273, 22763 Hamburg

ISBN: 978-3-7693-1438-0

Namasté und Tschüss

Der kleine Krimi aus Rhede

von Eva Bennemann

FSC
www.fsc.org

MIX

Papier aus ver-
antwortungsvollen
Quellen

Paper from
responsible sources

FSC® C105338

Vorwort

Lieber Leser, liebe Leserin

Ich freue mich riesig, dass du meinen dritten Krimi in der Hand hältst.

Nach einem Jahr Pause, in dem ich zusammen mit meiner Schwester, Damaris Meyer, das Kurzgeschichtenbuch *Kunterbunt* veröffentlichte, ermittelt nun der Miss-Marple-Club wieder in Rhede.

Vielleicht fragst du dich, was dieses „Namasté" bedeutet. Keine Sorge, das erklärt dir Irmgard in ihrer gewohnt liebevollen Art - du kennst sie ja inzwischen...

Lieber männlicher Leser, nimm es mir nicht übel, wenn Inge bei ihren Recherchen auf Frisuren, Schminke und Klamotten der Protagonisten eingeht – sieh es mir bitte nach! Lies einfach darüber hinweg und schmunzele über uns Frauen.

Ich wünsche dir viel Spaß beim Lesen.

Deine Eva Bennemann

Handelnde Personen

Miss-Marple-Club

Ich, Inge Schneider	68 Jahre, urspr. Erzgebirge
Gudula Hartmann	80 Jahre
Frieda Kowalski	70 Jahre
Irmgard Willing	74 Jahre
Marianne Reismann	73 Jahre

Inges Familie

Leonie (Leo)	Enkelin Chemnitz - Rhede
Leon	Enkel aus Chemnitz
Sven + Peggy	Sohn + Gattin in Chemnitz
Anja + Alexander	Tochter + Gatte in Rhede
Emma und Alexander	Enkelin, Tochter von Anja

Haustiere

Bambina + Renate	Inges Hündinnen
Rudolf	Inges Balinesenkater

Weitere Personen

Kriminaloberkommissarin Evelin Hülskamp

Kriminalhauptkommissar Harald Wohlbeck

Meduna Xana/Sabine Müller, Inhaberin der *Seelenpforte*

Susi Fee, ihre Freundin

Hannelore Benning (61), Nachbarin von Inge + Frieda

Wolfgang Benning (42), ihr Sohn

Christine Regner (62), aus Bayreuth

Karolin + Michael Ammer, Schwester + Schwager von ihr

Werner Seggewiß (60), Freund von Frieda

Michael Lohmann (61) = Madame La Bouche, Dragqueen

Ilse Lohmann (83), seine Mutter

Udo Terwegen (50), Gerichtsmediziner

Doris Gruber, Fotografin in Poona (früherer Name) jetzt Pune

Christa Thöne, Inhaberin von Gala4me in Rhede

Kapitel 1 – Samstag, 30. Juli 2022

Hallo zusammen, schön dass ihr wieder da seid. Ich kann euch sagen, bei mir ist wieder was los. Eigentlich dachte ich ja, nach den zwei turbulenten Anfangsjahren hier in Rhede, wird jetzt alles etwas ruhiger. Falsch gedacht...

Seit vorigem Herbst gehört zu meiner Familie nicht nur meine Shepadoodle-Hündin Bambina sondern nach den letzten Mordfällen, auch noch die Mischlingshündin Renate und der Balinesenkater Rudolf. Mit den Dreien hab ich mich ganz gut eingerichtet, wir gehen auch zu viert Gassi, fein an einer Koppelleine. Wobei Rudolf das Gespann anführt und die Damen hinterherlaufen. Das klappt normalerweise sehr gut, allerdings bin ich mit den Viechern nicht gerade unauffällig. Ich habe bisher noch keine Katzen an der Leine laufen sehen, aber Rudolf fand es total blöd, wenn ich mit den beiden Hunden rauswollte und er nicht mitgehen durfte. Er stand dann maunzend an der Tür. Das tat mir so leid, dass ich beim Kiebitzmarkt in Rhede so eine Dreierleine gekauft habe.

Ach, ich verzettel mich schon wieder, wollte euch ja erzählen, dass ich ab heute nicht mehr alleine wohne, also rein menschlich gesehen. Nein, bei mir zieht kein Mann ein, keine Sorge, mir kommt kein Mannsbild mehr ins Haus. Aber da muss ich jetzt bissel ausholen.

Vor ungefähr zwei Wochen hat mich mein Sohn Sven mit seiner Frau Peggy und den Zwillingen besucht. Die wollten eigentlich in unserem neuen Hotel in der Stadt unterkommen. Da musste ich ihnen sagen, dass es das Hotel an sich schon gibt, nur halt nicht fertig… Sie waren etwas verwundert und ich quartierte sie kurzerhand bei Anja, meiner Tochter und mir ein. Die Zwillinge sind inzwischen schon 18 Jahre alt und heißen Leon und Leonie. Ja, ich weiß, bei der Namensfindung waren sie nicht ganz so kreativ. Aber stellt euch mal vor, sie hätten noch mehr Kinder bekommen, die würden wahrscheinlich Leonidas und Leonida heißen…

Aber es war ganz schön, als sie hier waren. Das Weinfest fand gerade statt und nach den ganzen Corona-Beschränkungen konnten Rhedenser endlich wieder mal richtig feiern. Wir sind alle zusammen mit meinen Freundinnen hingegangen, es war richtig lustig. Wir saßen in der Nähe des Kinderbrunnens an einem großen Tisch, die „Lustigen Egerländer" haben Musik gemacht und der Wein war süffig, vielleicht etwas zu süffig. Die Peggy saß gegenüber von Marianne. Ich hab immer mal rübergeguckt und war ganz überrascht, dass sich die beiden mindestens eine halbe Stunde angeregt unterhalten haben. Hinterher fragte ich Marianne, was sie so mit Peggy geredet habe, ihr wisst vielleicht noch, dass sie nicht unbedingt meine Wunsch-Schwiegertochter ist und sehr sächselt, sie kommt nämlich ursprünglich aus Dresden.

Ich lachte mich fast tot, als Marianne meinte, „Keine Ahnung, ich hab' fast nichts verstanden". Peggy hat mir hinterher zu gelallt, dass sie sich richtig wohlgefühlt hätte und Marianne sehr nett wäre.

Auf jeden Fall haben Leon und Leonie jetzt ihr Abi in der Tasche. Sven und Peggy möchten gern, dass sie ein tolles Studium hinlegen. Leon hat sich für BWL entschieden, aber Leonie hat dazu keine Lust. Ihre Eltern konnten sie gerade noch überreden, die Schule nicht abzubrechen. Sie hat wohl ständig Knatsch mit Mutti und Vati und wollte deshalb unbedingt weg. Im Internet hat sie sich dann in Rhede über Ausbildungsplätze im Handwerk schlaugemacht. Schließlich bewarb sie sich schließlich heimlich bei der Schreinerei Niehaus auf einen Lehrstelle zur Tischlerin. Mir hat sie natürlich Bescheid gesagt, aber ich hab nichts verraten. Als sie mit ihrer Familie dann hier war, fand das Vorstellungsgespräch bei Christoph, dem Chef, statt und Leonie ist prompt angenommen worden.

Ich hätte nicht in ihrer Haut stecken wollen, als sie das ihren Eltern bekannt gegeben hat. Heute Morgen ist sie ganz früh in Chemnitz mit ihrem Trabant 601 losgedüst, obwohl das nicht ganz das richtige Wort ist, eher losgehoppelt. Ich kann euch sagen, die Leonie ist eine hübsche, die könnte problemlos diese komische Modellsendung im Fernsehen aufmischen. Schlank ist sie, 1,80m groß, lange glatte blonde Naturmähne... Die wird sich vor Verehrern nicht retten können, aber im Moment ist sie noch ganz mädchenhaft und schminkt sich nur ganz dezent. Nur die jetzige Mode gefällt mir gar nicht. Leo (sie möchte gern so genannt werden) trägt immer so komische weite Jeans, sehen aus wie unsere Polen-Jeans in der DDR damals, dazu enge, kurze Oberteile. Naja, das versteh ich wohl nicht mehr, bin halt doch langsam alt.

Sie müsste jetzt bald bei mir eintreffen, das Gästezimmer hab ich schon für sie vorbereitet, bin gespannt, wie es in einer WG mit meiner Enkelin laufen wird...

Kapitel 2 – immer noch Samstag, 30. Juli

Also, ich warte jetzt schon den ganzen Nachmittag. Leonie hat mir vorhin eine Whatsapp geschrieben, da war sie gerade in Borken, hat sich wohl trotz Navi verfahren. Moment, ich höre da was knattern.

Endlich ist sie da, ich freu mich so. Der Trabi, schilfgrün mit pergament-beigem Dach, steht in der Einfahrt, ich wusste gar nicht mehr, dass er so laut ist und so stinkt… Aber egal, Leonie liebt ihn.

Ich geh schnell mal raus, meine Vierbeiner folgen. Leonie schält sich gerade aus ihrer Rennpappe. Leonie? Wie, was, hää?

Das Mädel hat sich die Haare abgeschnitten, mir steht der Mund offen. Sie trägt jetzt einen giftgrünen, schräg angeschnittenen Bob und ist plötzlich geschminkt, nicht so dezent, sondern definitiv richtig geschminkt.

„Hallo Omi", begrüßt sie mich und nimmt mich in den Arm. „Du kannst den Mund ruhig wieder zumachen. Ich dachte, bei einem Neuanfang muss man sich auch neu machen. Brauchte eindeutig ein Umstyling, zu Hause mit Vati hätte das nur ständig ein Riesendrama gegeben. Da hab ich mich nur heimlich aufgepimpt."

Nach meinem Drücker sind die Tiere dran. Mit denen schmust sie eindeutig länger als mit mir. „Boah, dos war echt heftig. Is mei Zimmer schu fertsch?", fragt sie mich. „Ach Mensch! Ich geb' mir Mühe hier ohne Dialekt zu reden, aber es klappt noch nicht richtig."

„Das wird schon noch. Ab und zu rutscht mir auch noch was Erzgebirgisches raus, wenn ich aufgeregt bin. Wenn ich zum Beispiel eine Leiche finde, oder ein Mörder hinter mir her ist, sowas halt. Ja, natürlich hab ich dein Zimmer fertig. Hab sogar echte Bettwäsche aus Rhede draufgezogen."

„Na, das mit den Morden wird sich wohl jetzt erledigt haben, hier passiert bestimmt nichts mehr. Ich bin ja jetzt da. Eigentlich schade, ich fand eure Storys echt krass. Hab total mit meiner coolen Oma angegeben."

„Das haben wir im vorigen Jahr auch gedacht... Aber du hast recht, ich glaube heuer wird's ruhiger. Lass uns erstmal dein Auto leer machen."

Der Trabi ist randvoll mit ihren Sachen. Klamotten, Krimskrams, eine halbe Drogerie hat Leonie auch eingepackt. Wir räumen alles in ihr Zimmer, die Tiere tapern hinterher. Renate hat sich gleich schockverliebt in Leo, geht wie selbstverständlich in ihr Zimmer und legt sich auf den kleinen, weißen, flauschigen Teppich, den ich vor ihr Bett gelegt habe.

„Willst du bei mir bleiben?", schnurrt Leonie und hockt sich vor mein Zweithündchen. Als Antwort streckt Renate sich aus und guckt sie treuherzig an. „Du darfst ruhig hier bei mir bleiben", sagt sie streichelnd.

„Okay, dann räumst du deine Sachen ein und ich mach uns Abendbrot?"

„Ja, gern. Ist Tante Anja gar nicht da?"

„Die sind eine Woche mit den Schwiegereltern im Urlaub.", sag ich und lass Leonie erstmal allein. Bambina und Rudolf folgen mir nach unten. Ich glaube, meine Enkelin ist ganz schön geschlaucht von der langen Fahrt.

Anschließend essen wir zusammen und machen eine kurze Runde mit den Vierbeinern. Danach geht sie mit Renate im Schlepptau in ihr Zimmer. Ich habe ihr auch einen Fernseher reingestellt, aber heute Abend will sie nur noch ins Bett. Ich bekomm sogar noch ein Küsschen von ihr. So langsam hab ich mich auch an ihre neue Frisur gewöhnt, sieht eigentlich ganz cool aus.

Ich hab eine tolle Enkelin.

Kapitel 3 - Sonntag 31. Juli 2022

Ich hatte gerade einen ganz komischen Traum. Ich war in einer Disco mit blauem Stroboskoplicht und ganz komischer Musik. Dazu hab ich getanzt wie ne Bekloppte.

Moment, das Licht und die komische Musik sind ja echt. Ich guck mit einem Auge auf den Wecker, 7.02 Uhr. Ich mach die Augen ganz auf, ein entrüstetes Miauen ertönt, als ich den Kater am Fußende mit meinem ausgestreckten Bein erwische. Jetzt bin ich ganz bei mir. Das Licht und die „Musik" stammen von einem Rettungswagen, der eben vor dem gegenüberliegenden Haus gehalten hat. In diesem Haus wohnt eine alleinstehende Frau, Hannelore Benning, ein paar Jahre jünger als ich.

Da muss ich gucken gehen, ich bin ja nicht neugierig, aber ich muss schon wissen, was da passiert ist. Also schnell Jogginganzug über den Schlafanzug gezogen und Hausschuhe an. Leonie kommt mir an der Treppe entgegen. „Was is de do lus, su e Krawall da draußn." Sie reibt sich verschlafen die Augen und wechselt ins Hochdeutsch. „Gehst du gucken? Sei doch nicht so neugierig und denk dran, den Rettungswagen nicht zu behindern! Sonst gibt's Beef mit den Bullen!"

„Nein, ich behindere niemanden, ich will nur mal schauen."

Leo bleibt am Fenster, ich geh raus und die Frieda kommt auch schon vom Nachbarhaus angerannt. Ein Auge geschminkt, (sie geht eigentlich nie ohne Kriegsbemalung raus) das andere noch nackt. Sie hat sich einfach ein Strickjäckchen übers Nachthemd gezogen. „Was ist denn mit der Hanni passiert? Hast du schon was gesehen?"

„Nein, bin auch gerade erst vom Martinshorn wach geworden. Vielleicht ist ja auch was mit dem Wolfgang, ihrem Sohn."

„Wieso mit Wolfgang?", fragt Frieda, die mich ja immer etwas an Margot Honecker erinnert, allerdings in nett, sie hat einen leichten Lila-Stich in ihrer grauen, welligen Kurzhaarfrisur.

„Na, der wohnt doch seit ein paar Tagen wieder bei seiner Mutter. Seine Frau hat ihn rausgeschmissen, hat mir Hannelore erzählt. So ein gut aussehender Mann, vielleicht ein bisschen zu gut aussehend – seine Frau hat ihn wohl in flagranti mit ihrer besten Freundin erwischt."

„Ich hab keine Ahnung, hab schon länger nicht mehr mit Hanni gesprochen. Das ist ja heftig. Wolfgang sieht aber auch wirklich schnucklig aus, wenn ich dreißig Jahre jünger wäre… Der hat total Ähnlichkeit mit diesem Volksmusiksänger. Weißt du, wen ich meine? Dieser Blonde."

„Ja jetzt wo du es sagst. Der, der immer so grinst. Wie heißt der doch gleich? Ich komm auch nicht drauf. Der hat doch auch so ne Volksmusiksendung. Spielt der nicht jetzt beim „Traumschiff" mit?"

„Ja, ich glaub. Und Trompete spielt er auch. Ich komm partout nicht auf den Namen…"

„Ne ich auch nicht.", gebe ich zu. Jetzt wird es interessant. Die Sanitäter kommen mit einer Trage raus, man kann allerdings die Person nicht erkennen. Wolfgang läuft leichenblass hinterher und steigt in sein Auto. Der RTW fährt mit Blaulicht und Martinshorn los und Wolfgang hinterher.

Bei mir drehen sich schon wieder die Räder im Kopf. „Was wird sie wohl haben, die war doch quietschfidel, mit ihren 60 Lenzen."

„Naja, das kann ja schnell gehen. Witterst du schon wieder einen Mord, Inge?"

„Ich sag ja nur, gestern hab ich noch mit ihr gesprochen und da war sie ganz fit…"

„Du witterst hinter jedem Strauch einen verrückten Axtmörder, Inge. Gib's zu!"

„Du hast ja recht, Frieda. Wir werden sehen, vielleicht hat sie sich ja auch nur was gebrochen oder ihr Blinddarm muss raus. Bestimmt sehe ich wieder Gespenster. Ich geh mal rein zu meiner Enkelin."

Wir gehen also wieder in unsere Häuser und auch die anderen Nachbarn hinter den Gardinen und auf der

Straße, ziehen sich zurück. Leo muss ich nicht viel erzählen, sie konnte alles von ihrem Fenster im Obergeschoss beobachten.

„Na Omi, bist du schon wieder heiß auf Ermittlung?"

„Ach Leonie, ich mach mir einfach Gedanken. Es ist ja nicht so, dass ich neugierig bin. Es interessiert mich halt nur. Aber sie lebt ja, sonst wäre ein Leichenwagen gekommen und kein RTW. Vielleicht war es ja gar nichts schlimmes. Mal nicht den Teufel an die Wand."

„Also ganz ehrlich, so wahnsinnig lebendig sah sie nicht aus. Sie hatten sie stabilisiert, ich hab's von oben ganz genau gesehen."

„Au weia, wir konnten nicht auf die Trage gucken. Hoffentlich kommt sie im Krankenhaus wieder auf die Beine."

Wir gehen erstmal rein und Leonie verschwindet im Badezimmer. Ich decke den Frühstückstisch für uns und danach machen wir eine Gassirunde bis in die Stadt.

„Du bist ja voll fame hier", kommt von Leonie, als mich ein paar Bekannte grüßen.

„Was bin ich?", dieses Neudeutsch versteh ich nicht.

„Na berühmt – oder vielleicht berüchtigt?", sagt Leo lachend und nimmt mich am Arm. Das kann ja was werden…

Kapitel 4 – Montag, 01. August 2022

Heute hat Leonie ihren ersten Tag in der Schreinerei Niehaus. Sie war schon etwas aufgeregt, bin extra mit ihr aufgestanden und hab uns ein schönes Frühstück gemacht. Sie schafft das schon, da bin ich sicher.

Danach bin ich mit meinem Trio Gassi gegangen, da treff ich doch den Wolfgang. Er kommt gerade angefahren. Sieht echt sch…lecht aus. Da muss ich ihn gleich mal ansprechen.

„Hallo Wolfgang, wie geht's denn deiner Mama?"

„Meine Mutter ist heute Morgen leider verstorben", sagt er mit einem unterdrückten Schluchzer.

„Was, aber wieso denn. Sie war doch total fit."

„Sie ist in der Nacht wahrscheinlich die Treppe runtergefallen. Ich habe sie gefunden, als ich sie Sonntag zum Frühstück besuchen wollte. Im Krankenhaus konnten sie nicht mehr viel machen. Sie hat sich das Genick gebrochen."

Er schwankt und muss sich am Auto abstützen, hoffentlich bricht der mir hier nicht zusammen. Irgendwie kommt mir das unecht vor. Oder bilde ich mir das nur ein? Aber wieso sollte sie einfach so die Treppe runterfallen, sie war doch nicht gebrechlich…

„Ich dachte, du wohnst wieder zu Hause, bzw. Sie?" rutscht mir etwas unsensibel raus.

„Duzen sie mich ruhig. Ach wissen Sie, Frau Schneider. Meine Frau und ich wollen es doch noch einmal zusammen versuchen. Man schmeißt ja nicht so einfach eine langjährige Ehe weg."

„Da hast du wohl recht. Ich bin übrigens die Inge", sag ich und drücke ihm noch mein Beileid aus. Dann verabschieden wir uns voneinander. Das lässt mich jetzt nicht los. Ich muss erstmal dem Miss-Marple-Club schreiben. Die Antworten treffen auch ziemlich schnell ein.

Alle sind total geschockt.

Marianne: Was? Die Hanni ist tot? Das gibt's ja gar nicht?

Gudula: Hannelore war, um mit einer alten Werbung zu sprechen, „quadratisch, praktisch, gut", wieso fliegt die einfach so die Treppe runter?

Frieda: Also Gudula, du musst nicht so auf die etwas moppeligen Menschen herabsehen, das ist gemein. Außerdem kann das ja manchmal schnell gehen, auch wenn man jünger ist als wir. Vielleicht ist ihr einfach schwindelig geworden.

Gudula:	Entschuldige Frieda, war ja nicht böse gemeint.
Irmgard:	Ja, ja. Das ist ja jetzt vollkommen egal. Bleibt mal beim Thema. Habt ihr schon in Betracht gezogen, dass sie eventuell runtergefallen WORDEN ist?
Ich:	Ich hab da gleich dran gedacht. Der Wolfgang war mir echt zu traurig, ich finde, der hat die totale Show vor mir abgezogen. Außerdem könnte er dann einfach so bei seiner Mutter das Haus übernehmen und hätte seine Ruhe. Findet ihr auch, dass er dem einen Volksmusiksänger so ähnlich sieht?
Marianne:	Ja, dem blonden, der auch schauspielert. Wie heißt der noch gleich?
Gudula:	Ja, genau. Ich komm auch nicht drauf. Der Dings, ich war mal bei seiner Show. So ein schöner Mann - und dieses Lächeln...
Irmgard:	Na, nun bleibt mal bei der Sache. Ingeborg, wollen wir nicht mal bei unseren Kommissaren anrufen? Du hast doch noch ihre Kontaktdaten, oder?
Frieda:	Jetzt lasst mal die Kirche im Dorf! Hier wird doch nicht immer gleich gemordet. Der

	Wolfgang macht sowas nicht, der ist ein ganz lieber. Ich muss jetzt weg, bis später.
Gudula:	Also die Lieben sind immer die Gefährlichen, die, die wie verrückte Massenmörder ausschauen, tun sowas nicht! Ich hab den als Kind aufgepasst, wenn Hanni mal was zu erledigen hatte. So hab ich den nicht erzogen! Frieda hatte es jetzt aber eilig…
Ich:	Sorry, Gudula. Aber ich ruf gleich mal in Münster an. Man kann nie wissen…

Also kram ich die Karte von Evelyn Hülskamp raus, ich hab ja auch die vom Nuschel-Grummel-Wohlbeck, aber das trau ich mich nicht. Der meckert bestimmt nur wieder rum, von wegen Hobbyermittler, Polizei ins Handwerk pfuschen und sowas. Ohne uns hätten die diese zwei Mörder doch nie geschnappt.

Ich hab mir schon zurecht gelegt, was ich sagen will. Da meldet sich die Kommissarin auch schon.

„Kriminalpolizei Münster, Kriminaloberkommissarin Hülskamp am Apparat. Wie kann ich ihnen helfen?"

„Ja, hallo, hier ist Ingeborg Schneider aus Rhede."

„Frau Schneider, na sowas. Wie geht es Ihnen denn? Alles okay im Münsterland?"

„Naja, so richtig nicht. Ich hab da so ein Problem und vielleicht können sie mir weiterhelfen."

„Ich hoffe, da pflastern nicht schon wieder Leichen ihren Weg?"

„Ähm, wenn sie schon so fragen, nur eine. Also eine Leiche, die von einer Nachbarin."

„Sie rufen mich jetzt aber nicht bei jeder Person an, die in Rhede das Zeitliche segnet, oder?"

„Nein, natürlich nicht. Wo denken sie denn hin. Aber das ist schon sehr komisch. Die Hannelore war total fit, dann zieht ihr erwachsener Sohn wieder bei ihr ein, dann wieder aus und schon ist sie tot. Angeblich ist sie einfach so die Treppe runtergefallen. Einfach so, also bitte, die war doch noch nicht tattrig und dement war sie auch nicht."

„Also haben sie einen begründeten Mordverdacht gegen den Sohn?"

„Naja, so möchte ich es eigentlich nicht sagen, vielleicht war es ja auch ein Einbrecher oder sie hatte einen Liebhaber und hat mit ihm Schluss gemacht und der hat die Wut gekriegt, oder…"

„Jaja", unterbricht sie mich. „Ich verstehe schon. Man kann nie wissen. Ich werde mich mal umhören, sie hatten mit ihrem Damenkränzchen ja schon zweimal den richtigen Riecher. Geben sie mir mal Namen und Anschrift durch, ich schau, was ich erreichen kann und melde mich dann bei ihnen. So ganz unter uns, kleiner Dienstweg sozusagen, hahaha."

Ich sag ihr alles, was ich weiß und bedanke mich nochmal ganz artig, bevor ich auflege.

Am frühen Nachmittag mach ich meine Hunderunde bis in die Stadt zu Meduna Xana bzw. Sabine Müller (so ihr richtiger Name) die Esoterikerin mit der *Seelenpforte*, ihr könnt euch bestimmt erinnern. Sie entspricht so gar nicht dem Bild, welches ich mir von einer Esoterikerin gemacht hatte. Mit Vorliebe trägt sie schwarze Lederhosen, kombiniert mit Glitzerteilen. Dadurch sieht man ihre von diversen Tattoos bedeckten Oberarme. Auch sind ihre Ohren mit mehreren Ohrhängern gepflastert. Bei ihrer Größe von über 1,80m und ihren Raspel kurzen, schwarz gefärbten Haaren sieht das sehr interessant aus.

Meduna ist zusammen mit ihrer Lebensgefährtin, Susi Fee, eine liebe Freundin geworden. Susi ist das genaue optische Gegenteil von ihr, sie wirkt äußerlich wie ihr Nachname sagt, wie eine Fee. Blonde, lange Lockenmähne gepaart mit einem süßen Gesicht und einer tollen Figur.

Meduna begrüßt mich und meine Vierbeiner auch gleich mit Umarmung für mich und Leckerlis für die Kurzen. Eine schwere Ambra-Moschus-Duftwolke umgibt sie, die man glatt durchschneiden könnte.

„Meine liebe Inge, möchtest du einen Krafttee oder ein Heilwasser? Ich hab eine ganz tolle Idee, wollte dich eigentlich anrufen, aber das Karma hat es ja wunderbar eingerichtet, dass du mich besuchst."

Ich entscheide mich für ein Heilwasser und setze mich.

Meduna sprudelt schon weiter, „Ich habe erfahren, das eine Bocholterin, hier in Rhede ein Yogastudio eröffnet hat. Da müsst ihr unbedingt zusammen mit mir hingehen. Es gibt nichts Besseres für Körper und Seele als Yoga. Und das Tollste überhaupt, diese Yogalehrerin plant eine Gruppe speziell für die reife Generation. Also für mich eigentlich noch nicht, aber, entschuldige bitte, für euch. Ich habe sie schon angerufen, ich darf auch gern kommen. Sie praktiziert Vinyasa-Yoga, das ist eine besondere Form des Hatha-Yoga. Da geht es sehr dynamisch zu, mit fließenden Asanas und zum Schluss einem wunderschönen Savasana. Und für deinen Rücken und Friedas Knie wäre das perfekt. Die Gruppe heißt „Golden Yoga", sie stimmt die Übungen direkt auf, äh, vollreife Frauen ab. Bitte kommt mit, das wird uns allen guttun.

Ich höre nur Blabla, Yoga, Blabla, Yoga, irgendwas von Ananas, Yoga. „ Äh, also, ja, das wäre vielleicht nicht schlecht. Hab lange keinen Sport mehr gemacht. So ein bisschen gelambricher, äh, gelenkiger werden, kann nicht schaden. Du, ich schau mir das mal an und frag die anderen. Ich kenn mich überhaupt nicht mit Yoga und diesen Sachen aus, wie heißt die Frau denn?"

„Das ist eine Karina Sonders, sie gibt die Kurse beim TV-Rhede in der Sporthalle bei den Tennisplätzen."

Wir quatschen noch ein bisschen, aber meine Tiere wollen weiter und so verabschiede ich mich. So schlecht finde ich die Idee eigentlich gar nicht. Hoffentlich blamiere ich mich nicht, aber wenn meine Freundinnen auch mitmachen… Probieren kann ja nicht schaden. Morgen Abend wäre die erste Yogastunde.

Kapitel 5 – Dienstag, 02. August 2022

Leo war gestern Nachmittag total begeistert von ihrem ersten Tag in der Schreinerei.

„Alle waren voll nett", berichtet sie. Leo war mit unterwegs bei Kunden und hat kleinere Hilfsarbeiten erledigt. Schöne Arbeitsklamotten hat sie auch bekommen, hellbraune Hose und graues Shirt. Mit ihrer coolen Frisur und den giftgrünen Haaren, sieht das toll aus.

Sie wird die ganze Woche in Rhede und Bocholt mit ein oder zwei erfahrenen Gesellen unterwegs sein. Zur Berufsschule muss sie erst in den nächsten Tagen.

Ich habe gestern noch meine Freundinnen wegen des Yoga-Kurses angeschrieben. Gudula, Marianne und Irmgard waren sofort dabei. Frieda war irgendwie am Rumdrucksen, von wegen, mal schauen, ob ich es einrichten kann, muss Termin verschieben usw.

Fand ich irgendwie seltsam. Was hat sie denn am Dienstagabend vor, ich kenne doch alle ihre Termine. Und warum sagt sie es nicht genau... Sie hat sich aber nach „Inspektor Barnaby" (schau ich jeden Montag) nochmal gemeldet. So kurz vor 22.00 Uhr rief sie an und sagte dann doch noch zu.

Ich bin ja echt gespannt, wie das wird und wann wird sich denn nur die Frau Hülskamp melden? Heute waren den ganzen Tag der Wolfgang und seine Frau drüben in Hannis Haus. Ich hab sie rumherräumen hören. Dann hat es gepoltert und sie haben sich angeschrien. Unter uns Klosterschwestern: nach Versöhnungssex klang das nicht. Dann hörte ich die Haustür zuknallen und Wolfgangs Frau rauschte ab.

Er hat dann allein Hannelores Klamotten ausgeräumt und weggebracht. Für morgen ist ein Container bestellt, hat er Frieda erzählt. Wird wohl laut werden, er kommt mit einem Kumpel und räumt alles aus. Da er das einzige Kind ist, gehört ihm jetzt das Haus allein. Ist das ein Grund, seine Mutter zu ermorden? Möglich wäre es. Vielleicht hat er nur gesagt, dass ein zweiter Eheversuch gemacht wird, um keinen Mordgrund zu haben. Aber warum war dann seine Frau heute noch hier?

Egal, jetzt geht es erstmal zur Yogastunde. Also Jogginghose und T-Shirt angezogen, ein Handtuch eingepackt. Matten hat diese Frau Sonders dort und was anderes brauch ich nicht. Das ist ja schon mal gut, sonst hätte ich mir heute noch Turnschuhe besorgen müssen.

Kurz vor sieben sind wir da, alle außer Frieda. Die hat es sich doch wohl nicht wieder anders überlegt? Ich habe sie gefragt, ob wir zusammen fahren sollen, aber nein, sie käme heute allein und wahrscheinlich ziemlich knapp. Meduna kommt ohne Susi, die ist nun wirklich zu jung. Außerdem macht sie Kickboxen und irgendwas mit einem

Fahrrad im Fitness-Center, aber das heißt ja jetzt Gym, wie mir Leonie mitgeteilt hat. Mit uns warten noch zwei Männer in Alter von 60+ und vier Frauen in unserem Alter.

Wir gehen alle hinein in die Halle. Diese Karina ist eine schlanke, sympathische Frau in den 40-ern, mit einer brünetten Kurzhaarfrisur und leuchtenden, fröhlichen Augen.

Wir holen uns alle eine Matte, außer Irmgard. Die sehr schlanke, große Lehrerin im Ruhestand mit der mausgrauen Kurzhaarfrisur hat natürlich eine eigene dabei. Sie schaut sich die Leihmatten an, rümpft ihr Näschen und zieht wieder mal demonstrativ die linke Augenbraue hoch.

Wir setzen uns erstmal auf unsere Matten und Karina erzählt uns einiges über Grundlagen und Bedeutung des Yogas. Plötzlich geht die Tür auf und eine abgehetzt wirkende Frieda tritt ein. Sie ist schon vor dem Sport total außer Atem, „Tut mir furchtbar leid, ich komme sonst nie zu spät, aber ich hatte noch einen wichtigen Termin." Ich habe ihr zur Sicherheit schon eine Matte links neben mir ausgelegt und sie nimmt, mir dankbar zunickend, darauf Platz.

„Das ist nicht schlimm, jetzt sind wir für heute vollständig und können beginnen", sagt Karina.

Als erstes sollen wir uns auf den Rücken legen und die Augen schließen. Das gefällt mir schon mal sehr gut.

Karina sagt, wir machen jetzt eine Atembeobachtung. Sie erklärt uns die ozeanische Atmung und sagt, wir sollen dem Atemfluss durch unserem Körper nachspüren. Dann dehnen und strecken wir uns. Von Marianne rechts neben mir kommt ein hörbares Knacken. Sie wird mal wieder puterrot, scheint aber nichts Wichtiges abgefallen zu sein.

Danach geht es in den Vierfüßerstand und in die Katze-Kuh Position, die Kobra machen wir auch noch.

Als wir den halben Zoo nachgebildet haben, sollen wir uns Wirbel für Wirbel aufrichten. Ohhhh, ich wusste gar nicht, dass ich so viele Rückenwirbel besitze. Aber schließlich stehe auch ich in der Berghaltung wie meine Mit-Yogini (hab schon einiges gelernt).

So, die Tiere sind abgehakt, jetzt wird es kriegerisch. Krieger 1 und Krieger 2, huch, gar nicht so einfach. Karina kommt vorbei und zieht mein Knie in die richtige Position. Vorsichtig, aber jetzt wird's ganz schön wackeliiiiii....

Rums, jetzt ist mein Krieger umgefallen. Ich pruste los. Karina grinst verschmitzt, „Das wird schon noch Inge. Es ist noch kein Krieger vom Himmel gefallen."

Wir machen weiter, dehnen und kreisen alle möglichen Körperteile – bis wir zur Schlussmeditation kommen.

Dazu sollen wir uns auf den Rücken legen und die Augen schließen. Das Licht wird gedimmt und Karina stimmt uns mit ihrer unheimlich ruhigen, angenehmen Stimme auf

Entspannung ein. Sie beginnt eine Geschichte vorzulesen, sie könnte CDs aufnehmen – wunderschön beruhigend.

Wir machen uns gedanklich auf die Reise zu einer Schäreninsel. Dort wohnen wir in einem Leuchtturm. Die Einrichtung wird beschrieben und ich kann mir so richtig gut vorstellen, wie ich vom Balkon des Leuchtturmes in diese wunderschöne Landschaft unter mir schaue, als ich...

... ein lautes Schnarchen, unterbrochen von Schmatz-geräuschen von der Matte vor mir höre. Ruckzuck bin ich von meiner Insel weg und gucke auf die selig vor sich hin schlummernde Irmgard. Sie sabbert sogar ein bisschen. Na, das mit der Entspannung scheint ja geklappt zu haben.

Ich sehe mich kurz um, auch Marianne die knubbelige, kleine Frau mit ihrer braunen Lockenfrisur neben mir, grinst tief in sich hinein. Ich schließe nun wieder die Augen und höre weiter auf die Geschichte. Als Karina uns aus der Meditation in den Sitz holt, bin ich wirklich tiefenentspannt. Aber nicht so tief wie Frieda, sie lächelt noch mit geschlossenen Augen vor sich hin. Ich stupse sie an, sie schaut erst verwirrt, wird dann zartrosa und setzt sich schnell auf. Sie hat wenigstens lautlos geschlummert.

Karina bedankt sich bei uns für die schöne Stunde und fragt, ob wir uns nächste Woche beim Yoga wiedersehen.

Wir bejahen alle unisono. Also ganz ehrlich, ich hätte nicht gedacht, dass Yoga was für mich ist, aber ich komme definitiv wieder.

Dann beendet Karina die Stunde mit einem „Namasté" und deutet mit vor der Brust aneinander gelegten Händen eine leichte Verbeugung an.

Wir machen es ihr nach und von Gudula höre ich ein gemurmeltes „Namasté und Tschüss. Gudula ist noch top in Schuss, mittelgroß, mittlere Figur und ein hellblonder Pagenkopf ziert ihr Gesicht.

Irmgard kommt zu mir und fragt mich, ob sie geschnarcht hätte, ich überlege erst, sie rücksichtsvoll zu belügen, sage ihr dann aber doch, dass sie ganz niedlich aussieht, mit dem kleinen Sabberrest im Mundwinkel und muss mich fast kringeln vor Lachen. Irmgard zieht wie immer in solchen Momenten die linke Augenbraue hoch und macht „hmpffff".

Ich halte sie am Arm zurück und frage leise „Irmgard warte, was heißt eigentlich dieses Nammaste?"

„Also erst einmal sagt man nicht Nammaste sondern Namasté. Die Betonung liegt auf **Tee**. Ganz wörtlich, heißt es *Verbeugung dir* und kommt aus dem Sanskrit. Das ist der ganz normale Gruß in Indien und einigen hinduistischen, asiatischen Ländern."

Bei ihrer Erklärung habe ich erfolgreich ein Augenrollen unterdrückt... Wieder was dazugelernt. Das war wirklich ein interessanter Abend, mit Kühen, Katzen, Schlangen, Kriegern, und vielen anderen Yogapositionen. Marianne meint, wir hätten auch den Panda gemacht – daran kann ich mich aber nicht erinnern.

Wir beschließen alle dabei zu bleiben. Nur Meduna-Sabine kann die nächste Woche nicht kommen. Sie ist dann auf einem Seminar mit dem Namen „Auren sehen und reinigen" in Borken.

Naa jaa, wer weiß, wozu das noch gut ist. Vielleicht hat der nächste Mörder eine blutrote oder schwarze Aura und daran erkennen wir ihn dann…

´
-

Kapitel 6 – Mittwoch, 03. August 2022

Heute werde ich durch ein Datscherle von Rudolf geweckt. Also er sitzt neben meinem Gesicht, maunzt mich vorwurfsvoll an und als ich nicht reagiere, gibt er mir nochmal eine Katzenohrfeige.

Aua, blöder Kerl. Aber jetzt weiß ich auch, was er hat. Von der Straße kommt ein Höllenlärm und der kleine Prinz fühlt sich wohl gestört. Es ist 7.00 Uhr morgens, Leo ist schon unterwegs und ich rapple mich mühsam hoch. Bambina guckt nur mit einem halboffenen Auge von ihrem Zweitkörbchen auf. Renate kommt erst jetzt ins Schlafzimmer gelaufen. Wegen der Tiere habe ich die Tür immer ein wenig offen stehen. Wenn Leo geht, lässt sie auch ihre Zimmertür auf, damit meine Adoptiv-Hündin zu mir kommen kann.

Falls ihr es nicht wisst, Renate war der Hund der Täterin bei unserer letzten Mordserie und Rudolf der Kater ihres Opfers. Ich habe dann beide bei mir aufgenommen.

Jetzt muss ich erstmal schauen, was da draußen los ist. Ach ja, der Container ist da, Wolfgang und zwei Kumpel sind dabei, den Inhalt eines ganzen Lebens zu entsorgen – irgendwie schon traurig, aber was willste machen. Der Lauf der Zeit.

Bei mir ist heute nicht viel geplant und bei dem Krawall beschließe ich nach dem Frühstück mit meinen

Fellkindern einen Ausflug nach Borken zum Fliegerberg zu machen. Die anderen Hundebesitzer gucken zwar immer ziemlich blöd, wenn ich unter anderem mit Rudolf ankomme, aber da müssen sie halt durch.

Als ich am Nachmittag zurückkomme, scheint alles erledigt zu sein. Der Container ist randvoll und es ist wieder Ruhe eingekehrt.

Mein Festnetztelefon blinkt mich an, das hätte ich beinahe übersehen, meist nehme ich inzwischen das Handy. Vorwahl 02506, oh, das muss Frau Hülskamp sein. Bei ihr muss ich mich natürlich sofort melden.

Sie meldet sich auch nach zweimaligem Klingeln. „Hallo Frau Schneider, schön dass sie mich zurückrufen."

„Hallo Frau Hülskamp, haben sie was rausbekommen? War es Mord? Das war bestimmt der Sohn, oder?"

„Langsam, langsam Frau Schneider. Ich muss sie leider enttäuschen. Es gibt keine Spuren von Gewalt an ihrer Bekannten. Sie hatte wohl ein, zwei Schnäppschen zu viel intus und ist einfach so die Treppe runtergefallen."

„Einfach so? Ganz unspektakulär?"

Ein kleines Kicksen im Hörer ertönt, ich glaube, sie unterdrückt ein Lachen. „Ja, Frau Schneider. Unfälle passieren, das ist gar nicht so ungewöhnlich. Lassen sie es gut sein. Sie müssen nicht ermitteln, denn nach den ganzen Verwicklungen haben sie und ihre Freundinnen sich ein wenig Ruhe verdient."

„Ja, ja. Das stimmt natürlich. Äh, danke für ihre Mühe Frau Hülskamp."

„Bitte, gern geschehen. Aber das bleibt natürlich unter uns, nicht wahr?"

Ich bejahe und lege auf. Sowas Blödes! Naja, für Hanni war es ja gut, denke ich. Als nächstes schreibe ich eine Nachricht an meine Freundinnen. Ich habe den Eindruck, dass sie auch ein wenig enttäuscht sein werden.

Aber so ein ruhiges Rentnerleben hat ja auch so seine Vorteile, wir werden nicht fast vergiftet oder bekommen keine komischen Mittel gespritzt, die uns außer Gefecht setzen. Zweimal Krankenhaus und RTW von innen - das reicht eigentlich.

Und Fernsehen mit Chips und einem Likörchen hat ja auch was...

Kapitel 7 - Donnerstag, 04. August 2022

Mir ist sooo langweilig.

Hunderunde, Frühstück, Mittagessen vorbereiten. Zu Frieda, die hat keine Zeit, ist auf dem Sprung zum Friseur. Marianne ist heute bei Ihrer Tochter in Raesfeld. Irmgard gibt Feriennachhilfe und Gudula muss Enkel aufpassen. Meine Tochter Anja ist mit ihrem Mann und Emma immer noch in Bayern im Urlaub. Sie sind auf einem Bauernhof, ich hätte auch mitkommen können, war mir aber mit den drei Tieren zu kompliziert.

Ich erwische mich schon wieder, wie ich hinter der Gardine meinen Nachbarn beobachte. Ich weiß immer noch nicht, wie dieser Volksmusiksänger heißt, dem er ähnelt. Wolfgang war heute morgen kurz da, ist dann gleich wieder abgerauscht. Jetzt gerade kommt fährt er mit einem Bulli vor. Er und ein weiterer Mann steigen aus und tragen große Kisten ins Haus, so wie es aussieht, hat er schon neue Möbel gekauft.

Aus Langeweile mach' ich eine sächsische Eierschecke für heute Nachmittag. Vielleicht hat dann ja Frieda Zeit auf einen Kaffee und Leonie auch. Ich höre mich schon ganz wehleidig an...

Zwischendurch lünkere ich immer mal wieder durchs Fenster und plötzlich fällt mir fast der Mixer aus der Hand.

Da steigt meine Frieda aus dem Auto aus und ich erkenne sie fast nicht wieder. Ich hatte euch ja schon mal erzählt, dass sie ein wenig wie Margot Honecker ausschaut. Mit einem leichten Lila-stich in ihrer welligen Oma-Frisur.

Und jetzt? Das gibt es nicht! Sie trägt plötzlich einen flotten Kurzhaarschnitt in einem netten Rehbraun. Damit sieht sie glatt zehn Jahre jünger aus. Dazu war sie wohl auch noch shoppen...

OHNE MICH!!!

Frieda trägt eine modische Dreiviertelhose in knatschgelb mit Rissen drin. MIT RISSEN DRIN! Dazu ein ärmelloses schwarzes Shirt mit Sonnenaufdruck. Hey, sie ist 69 nicht 39. Wer hat meine Freundin entführt? Aliens in Rhede?

Ich lasse den Mixer liegen und renne raus. Frieda ist schon hinter ihrer Haustür verschwunden. Ich klingle, sie öffnet und läuft rosa an. „Hallo Inge", druckst sie rum, „Ich hab mich umstylen lassen. Wie findest du es?"

Sie dreht sich einmal um ihre Achse und ich muss zugeben, dass sie gut ausschaut. Frieda hat immer noch eine tolle Figur und der Schnitt steht ihr wirklich gut. Das ich ihre Hose etwas übertrieben finde, sage ich ihr nicht, sie wirkt so glücklich. Trotzdem habe ich einen Verdacht, da muss doch ein Mann dahinterstecken, oder?

Aber da ich ja nicht neugierig bin, frage ich auch nicht nach. Das muss sie mir schon selbst erzählen! Ich lade sie zu Kaffee und Kuchen ein, aber sie hat leeeeiiider heute noch einen wichtigen Termin, ist klar...

Ich geh wieder zu mir ins Haus und mache meinen Kuchen fertig. Danach rufe ich spontan die Susi an, Susi Fee, die Lebensgefährtin von Meduna-Sabine. Susi freut sich und kommt gern auf ein Stück Kuchen zum Kaffeeklatsch vorbei. Mit dem Motorrad, sie hat neuerdings eine Harley.

Als dann am Nachmittag auch noch Leonie pünktlich zum Essen kommt, bin ich wieder zufrieden. Leo guckt die Harley ganz verzückt an und fragt Susi, ob sie sie mal mit auf eine Spritztour nehmen kann. Susi bejaht, „Medi will nicht mitfahren, sie guckt mein Radl immer ganz böse an. Sagt, mit ihr hätte ich eine ganz dunkelgraue Aura und so. Naja – ich find meinen Konrad, so hab ich die Harley getauft, trotzdem geil. Ich nehm' dich sehr gern mal mit auf eine Ausfahrt."

Wir quatschen noch über alles Mögliche. Leo erzählt, dass sie morgen zum alten Sarglager ihres Chefs fahren soll. Früher hatte die Schreinerei Niehaus auch noch ein Bestattungshaus. Christoph hat mit Gregor Beckmann ausgemacht, dass der ihm eventuell die Särge abkauft. Leonie soll sie abstauben und dann Fotos von ihnen machen, anscheinend gibt es auch eine Mode für Särge.

Wir berichten Susi noch von unserem Nachbarn und dem Tod seiner Mutter. „Sag mal, du kennst doch diesen

Volksmusiksänger, den mit den blonden Haaren. Wie heißt der denn nochmal?", frag ich sie.

„Also mit Volksmusik hab ich es eher nicht so.", antwortet Susi.

„Den, der Trompete spielt und beim Traumschiff mitspielt. Meine Mam schaut das immer – absolut strange, aber den kennst du garantiert", kommt mir Leo zu Hilfe.

„Ja, da gibt's einen, okay. Hat der nicht auch mal in der Jury dieser Singeshow gesessen? Aber ne, mit Namen kenne ich den nicht."

Sowas Doofes aber auch, wieso komm ich nicht auf den Namen. Na egal, wir trinken noch ein Likörchen und dann verabschiedet sich die Susi.

Am Abend gehe ich noch zu unserer Handarbeitsgruppe in die evangelische Kirche. Leo nimmt mir die Gassirunde ab und dann geht's ab in die Federn.

Kapitel 8 - Freitag, 05. August 2022

Heute morgen hab ich einen Zahnarzttermin, da graut mir vor. Aber wat mutt, dat mutt. Und sonst hab ich ja auch nicht viel zu tun. Vielleicht sollte ich mir irgendein Ehrenamt suchen, denn für Geld will mich ja bestimmt niemand mehr arbeiten lassen… Ich könnte mal beim Rheder Laden nachfragen oder bei der Bücherei, ob die jemanden brauchen. Oder ich setze eine Kleinanzeige ins BBV und biete Detektivdienste an. Ermordet wird ja sowieso niemand mehr in Rhede, aber ich könnte Ehebrechern hinterherschnüffeln oder Ladendetektivin werden, obwohl – mit meinen kaputten Knien könnte ich denen nicht mehr hinterherrennen. Vielleicht den Rollator auf sie schmeißen, hihihi. Aber nee, soweit ist es ja noch nicht, noch lauf ich auf meinen eigenen Beinen.

Bei Wolfgang nebenan ist es relativ ruhig, davon abgesehen, dass er sich jetzt häuslich einrichtet in Hannis Haus. Also doch keine Versöhnung. Frieda hat auch keine Zeit, vielleicht sollte ich mal nachschnüffeln – äh, untersuchen meinte ich, was sie momentan immer so macht, ständig ist sie auf Achse. Fährt mit dem Rad weg oder mit dem Auto und hat noch nicht mal Zeit für einen Kaffee mit mir, ich werde langsam eifersüchtig.

Wie ich so beim Mittagessen kochen bin und ganz zufällig dabei aus dem Fenster schaue, kommt Frieda angefahren und hat schon wieder neue Klamotten an. Ich weiß ganz genau, dass sie noch nie einen pinken Sommerrock hatte und die rosa Bluse dazu ist auch neu. Kurze Zeit, nachdem sie im Haus verschwunden ist, kommt ein schwarzer VW Golf bei ihr vorgefahren. Ein Mann steigt aus, ich schätze er ist so Ende 50, er trägt ein weißes Damenjäckchen am Arm und klingelt bei Inge.

Ich vergesse fast, meine Bratkartoffeln zu wenden, als ich sehe, wie Inge öffnet, rot anläuft, den Mann ins Haus zieht, nochmal die Straße hoch und runterschaut und schnell die Tür hinter ihnen schließt. Was soll denn das? Das war aber komisch.

Aber das kann doch nicht ihr Freund oder gar LIEBHABER (ich wag es gar nicht zu denken) sein, der war ja mindestens 10 Jahre jünger. Ne, das war bestimmt ein Cousin oder sowas. Aber warum tut sie dann so verschämt? Ich bleibe am Fenster stehen, schließlich muss man auf Bratkartoffeln ja aufpassen und warte. Es dauert geschlagene 27 Minuten und 31 Sekunden bis die Tür wieder aufgeht, Frieda kurz was sagt und der Herr ins Auto steigt.

Das ist schon sehr verdächtig. Ob ich sie einfach drauf ansprechen soll? Mal schauen... Die Bratkartoffeln sind heute auf jeden Fall sehr knusprig geworden.

Als ich mit Bambina, Renate und Rudolf von der Gassirunde komme, es ist erst um zwei Uhr durch, sehe ich schon den Trabi von Leo vor der Tür stehen. Na die ist heute aber schon früh von der Arbeit zurück. Als ich die

Haustür öffne, sausen die Drei ins Wohnzimmer und ich höre Leo auf meine Wuschel einreden. Ich gehe auch ins Wohnzimmer und finde Leo auf der Couch liegend, Renate hat sich schon neben ihr eingekuschelt. Meine Enkelin sieht sehr blass aus.

„Wos is de mit dir lus? Giehts dir nich gut, haste dich verkühlt?", entfleucht es mir auf erzgebirgisch.

„Ne, Omi, mir ist heute was passiert. Du wirst es nicht glauben."

„Was, jetzt erzähl schon", fordere ich sie auf. Muss ihr aber doch automatisch an die Stirn fassen, ganz normal, kein Fieber.

„Ich habe heute meine erste Leiche gesehen oder besser gesagt, gefunden."

„Wo hast du denn eine Leiche gefunden?"

„Ich sollte heute doch im Sarglager die letzten Urnen und Särge abstauben und fotografieren. Als ich reinging, Schlüssel hatte mir Christoph mitgegeben, war ich schon total überrascht, dass die Tür nicht abgeschlossen war. Also die Haustür konnte ich einfach aufdrücken und die Tür zum Lager war auch nicht abgeschlossen, ich hab mir da aber erst keine Gedanken gemacht. Im Nachhinein glaube ich, die war aufgebrochen."

„Wo ist denn das Lager?"

„Ach das ist in der Nähe vom Freibad, in dem Wohngebiet da. Wir waren doch mit Mutti und Vati dort im Wald spazieren. Weißt du noch?"

„In den Winkelhauser Bergen, ja genau."

„Also das Sarglager ist in einem Mehrfamilienhaus, im Keller drin. Ich geh rein und denk noch, da hat wohl jemand vergessen abzuschließen, aber wer klaut schon nen Sarg. Ich fang also an, ein bisschen Staub zu wischen. Dabei sehe ich, dass bei einem Sarg der Deckel nicht richtig draufliegt. Geh drum rum, will ihn draufziehen und seh' da plötzlich eine Hand..."

„Wie, du siehst eine Hand, wo denn?"

„Na, die Hand guckt aus dem Sarg raus. Ich hab geschrien, wie am Spieß, dann hab ich den Deckel doch runtergeschoben und da liegt eine Frau drin. Die mich direkt anguckt. Nur das sie halt ziemlich tot guckt und auch aussieht, Mund offen, blaue Flecken am Hals. Unter ihr im Sarg liegt so eine Plasteplane. Und als ich mich etwas beruhigt habe, sehe ich, dass unter ihrem Kopf ganz viel Blut ist."

„Und dann? Was hast du gemacht? Wie sah sie aus? Wie alt war sie? Hast du Spuren im Lager gefunden? Wie sahen die Würgemale aus? Was...", schießt es aus mir heraus.

„STOP, Omi! Ich hab mich erstmal auf den A... äh Po gesetzt. Dann hab ich den Notruf gewählt. Die fragten, ob ich sicher bin, dass die Frau tot ist. Also, ich bin ja nicht total bescheuert, hab ich gesagt, die ist mausetot. Ich sollte dann an der Haustür warten. Die Polizei kommt gleich. Ich wollte dich eigentlich sofort anrufen, aber ich hab so gezittert…", sagt sie und bricht schließlich doch in Tränen aus.

Das gibt es nicht, jetzt findet meine Enkelin auch Leichen. Liegt vielleicht in den Genen. Ich nehme sie erstmal in den Arm. Dann frag ich doch nochmal vorsichtig, wie die Frau aussah. Als sich Leo etwas beruhigt hat, sagt sie schniefend, es wäre eine ältere Frau. Ich frag sie, was denn für sie eine ältere Frau ist, ungefähr in meinem Alter? Sie druckst etwas rum, „Ne, so alt auch wieder nicht, sorry, so um die 60". Na, danke auch, also bin ich so alt wie Mose!

Dann rückt sie etwas verschämt damit raus, dass sie ein Foto gemacht hat. DAS IST MEINE ENKELIN!!!

„Zeig her, schnell. Das dürfen wir aber nicht der Polizei sagen, dann bekommen wir Ärger. Sie zeigt mir das Bild, ich kenne die Frau leider oder glücklicherweise nicht. Sie ist relativ schlank, mittelgroß, hat schwarz gefärbtes glattes Haar, einen mittellangen Bob, trägt eine Brille, die ihr schief auf dem Kopf hängt und eine schwarze Stoffhose mit bunter Sommerbluse. Allerdings sehen ihre Anziehsachen etwas derangiert aus. An der Bluse ist ein Knopf abgerissen und sie hält irgendwas in der geschlossenen Hand. Sieht aus wie ein Stück Stoff. Sie guckt irgendwie überrascht. Ich bitte Leo, mir das Bild zu schicken. Dann bekommt sie einen Schnaps und ich muss schleunigst die Miss-Marple-Gruppe informieren...

***

In unserer Whatsapp-Gruppe bricht das Chaos aus. Jetzt ist uns klar, in Rhede wird wieder gemordet, diese Frau wird sich ja nicht allein in den Sarg gelegt haben. Das Bild habe ich natürlich gleich mitgeschickt. Wir sind uns einig, dass es Würgemale sind, man sieht eindeutig links und rechts zwei runde, blaue Flecken. Das müssen die Daumen gewesen sein. Aber warum dann die Blutlache unter ihrem Kopf?

Wir brainstormen, wie man es neudeutsch nennt.

Gudula: Vielleicht waren es zwei Mörder. Einer hat sie gewürgt und der andere Mann hat ihr von hinten den Schädel eingeschlagen?

Irmgard: Das ist doch total unlogisch. Vielleicht hat sie jemand gewürgt, konnte es nicht zu Ende bringen und stößt sie auf eine Tischkante. Das wird in Krimis immer gern genommen.

Ich:	Das wäre möglich, aber warum bringt er oder sie die Leiche dann ins Sarglager? Da muss der Mörder ja auch erst reinkommen. Und wer ist diese Frau, kennt jemand von euch sie?
Frieda:	Ich hab sie noch nie hier gesehen. Aber ich hab auch leider keine Zeit mehr, muss noch wohin, tschüss
Marianne:	Also, ich kenn sie auch nicht. Aber ist euch schon aufgefallen, dass sie ungefähr im gleichen Alter wie unsere Hanni war? Vielleicht gibt es ja da doch einen Zusammenhang, was meint ihr?
Irmgard:	Die Polizei hat aber eindeutig keine Anzeichen für einen Mord feststellen können!
Ich:	Die Polizei, blabla. Mein Bauchgefühl sagt mir immer noch, dass Hanni ermordet wurde, jetzt noch viel mehr. Wir müssen unbedingt herausfinden, wer diese Frau war und ob es einen Zusammenhang zwischen den beiden gibt.
Marianne:	Mal was Anderes, findet ihr Frieda nicht auch gerade ziemlich komisch? Die hat nie Zeit...
Ich:	Ich glaube, sie hat einen Freund.

Gudula:	Und warum sollte sie das vor uns geheim halten?
Ich:	Wenn es so ist, wie ich denke, ist er ein Stück jünger als sie. Vielleicht ist es ihr peinlich. Ich hab mich noch nicht getraut, sie darauf anzusprechen.
Irmgard:	Oh, mir fällt gerade auf, sie kann das ja lesen…
Ich:	Stimmt, wir sollten das löschen und sie direkt darauf ansprechen.
Marianne:	Ja, schnell. Eh sie es sieht.

Gesagt – getan, sieht zwar etwas blöd aus, da man ja immer sieht, das etwas gelöscht wurde, aber vielleicht bekommt sie es nicht mit. Dafür lädt uns Irmgard für morgen zum Kaffeeklatsch ein, dann können wir nochmal alles in Ruhe bequatschen. Leo ist auch eingeladen, dann kann sie uns nochmal aus erster Hand berichten. Hoffentlich kommen unsere Kommissare nicht auch dazu…

Kapitel 9 – Samstag, 06. August 2022

Als mich heute morgen Rudolf mit einem Krallenschlag auf die Nase weckt, bin ich zuerst rauf zu Leo ins Zimmer. Natürlich hab ich angeklopft und Leonie grunzt verschlafen, dass ich reinkommen soll. Renate, mein Adoptivhund, liegt am Fußende ihres Bettes.

Ich setz mich dazu. „Na, mein Mädchen. Wie geht's dir denn? Soll ich uns ein schönes Frühstück machen?"

„Ach Omi, ich hab so sch… geschlafen. Ich hab von nem Haufen Leichen geträumt, über die musste ich drüber springen, dann wollte mich eine am Knöchel festgehalten… Da bin ich schweißgebadet aufgewacht. Renate hat sich dann an mich gekuschelt und ich konnte wieder einschlafen."

„Als ich meine erste Leiche gefunden habe, hat die in meinen Träumen sogar erzgebirgische Weihnachtslieder gesungen. Doas werd schu wieder, meine Kleene."

Ich geh erstmal runter in die Küche. Rudolf ist schon da und wartet mit missbilligendem Blick vor seinem Napf. Bambina kommt erst jetzt zusammen mit Renate, die beiden legen sich gleich wieder in ihr Bettchen, die haben schon ein schweres Hundeleben.

Beim Frühstück erzähle ich Leo von der Einladung, die sie auch tatsächlich annimmt. Jetzt ist sie wieder etwas besser gelaunt. „Omi, ich sag dir, wir werden den Mord schon aufklären, ich helf euch dabei."

Ich muss lachen, „Ja, du wirst das Ehrenmitglied im Miss-Marple-Club!!!"

Auf einmal klingelt es an der Tür. Wir schauen uns kurz an, bis mir die Erkenntnis kommt, wer wahrscheinlich vor der Tür steht. Ich steh auf, glücklicherweise hab ich meinen neuen Yoga-Jogginganzug an und raune Leo zu, dass es garantiert die Polizei ist. Leonie guckt etwas verkrampft.

Ich schlurfe also zur Haustür, Renate und Bambina sind vor mir da und bellen sich die Seele aus dem Leib. Ich öffne und wie nicht anders zu erwarten, stehen die beiden Kommissare vor der Tür.

Frau Hülskamp ist eine schlanke Mitdreißigerin, sportlich und adrett. Die Kommissarin trägt immer, seit ich sie kennengelernt habe, ihr dunkelbraunes, glattes Haar zum Pferdeschwanz gebunden. Sie hat blaue, strahlende Augen und lächelt mir entgegen.

Herr Wohlbeck - völlig ohne Gesichtsmimik, steht daneben. Er ist das genaue Gegenteil der hübschen Kommissarin. Für einen Mann ist der Polizist nicht gerade groß und ziemlich untersetzt. Einem Flüchtigen könnte der bestimmt nicht hinterherrennen. Der Haaransatz des Kommissars ist schon ziemlich nach oben gewandert, er versucht es mit Gel zu vertuschen und die letzten Strähnchen seines straßenköterbraunen Haares aufzuwuscheln. Sein Drei-Tage-Bart ist mit grauen Stellen durchsetzt. Ein Bügeleisen scheint er auch nicht zu besitzen, seine Klamotten sind immer zerknittert.

„Hallo Frau Schneider, ich dachte schon, sie hätten ihren Vornamen geändert, als ich Leonie Schneider als Auffinderin einer Leiche, las."

„Ähm, ich bin dieses Mal überhaupt nicht involviert. Leonie ist meine Enkelin und wohnt seit Kurzem bei mir". Ich bitte sie herein, eigentlich könnten wir uns langsam duzen, und wir gehen zusammen in die Küche.

Leo kommt uns schon entgegen, ist allerdings etwas blass ums Näschen und weiß gar nicht, was sie mit ihren Händen machen soll. Sie stellt sich vor und wir setzen uns zusammen an den Küchentisch. Den angebotenen Kaffee nehmen beide Kommissare gern an. Ich räume schnell den Frühstückstisch ab, bis auf die Tassen natürlich. Frau Hülskamp beginnt beruhigend auf Leo einzureden.

„Also Frau Schneider, oder darf ich Leonie sagen?"

„Leo, bitte. Sonst komm ich mir vor als wäre ich meine Oma."

„Okay, Leo. Sie müssen sich keine Sorgen machen, sie haben ja nichts verbrochen. Erzählen sie uns doch einmal ganz genau von vorn, wie und wo sie die Tote gefunden haben."

Der Kommissar rührt nur in seinem Kaffee, nachdem er ihn mit vier Löffeln Zucker quasi vergewaltigt hat. Leonie erzählt erst stockend, dann immer flüssiger, wie sie die Leiche der Frau aufgefunden hat. Ich tätschele ihr dabei die Hand. Als sie geendet hat, stehen meiner sonst so taffen Enkelin dann doch die Tränen in den Augen. Jetzt meldet sich auch Herr Wohlbeck zu Wort.

„Wir nehmen jetzt die Ermittlungen auf. Die Tote befindet sich momentan in der Pathologie in Münster und wir verbitten uns jedwede Einmischung ihrerseits, Frau Schneider.“

„Ja, das ist schon klar, Herr Kommissar. Aber eine Rhedenserin war das nicht, oder?“

„Das ist ja nicht wirklich wichtig für sie, Frau Schneider“, dabei grinst Frau Hülskamp.

„Naja, ich will ja nicht neugierig sein – aber…“

Jetzt kommt ein „Hmmmpf“, von Herrn Wolbeck. Frau Hülskamp fragt Leonie noch, ob sie psychologische Betreuung in Anspruch nehmen möchte.

„Nein, ich denke es geht schon. Ich hab ja meine Omi.“ Währenddessen ext der Kommissar seinen Zucker mit Kaffee und beide stehen auf. Im Hinausgehen raunt mir die Kommissarin noch verschwörerisch zu, „sie war neu zugezogen“. Das überrascht mich jetzt doch. Sie zwinkert mir zu, dann verabschieden sich die zwei Polizisten.

„Uff“, sagt Leo nur, als sie sich wieder mit mir an den Tisch setzt. Das müssen wir jetzt erstmal verdauen, am besten mit einem schönen langen Gassigang.

Als ich danach aufs Handy schaue, seh' ich, dass Frieda die Einladung zum Kaffee bei Irmgard auch angenommen hat. Wir beschließen, mit den Rädern zu fahren. Bei dem tollen Sommerwetter brauchen wir kein Auto.

„Kann ich das Rad von Tante Anja nehmen?", fragt mich Leonie. Anja und Alexander haben so schicke Elektroräder. Sowas muss ich mir auch nochmal anschaffen, frau wird ja nicht jünger.

„Ja, nimm das ruhig. Aber fahr vorsichtig."

Also fahren wir zusammen am Nachmittag zu Irmgard. Frieda hat seit Neuestem auch ein Ebike, muss ich feststellen. Das ist nagelneu und natürlich trägt sie schon wieder eine neue hellblaue dreiviertellange Jeans und ein pinkes, ärmelloses Shirt mit dem Aufdruck „HOT" und einem Glitzer-Kussmund drauf. Jetzt muss ich mal Irmgards Part übernehmen und die linke Augenbraue hochziehen.

Es ist echt doof, als einzige mit einem normalen Rad zu fahren! Ich bin nass geschwitzt, als wir bei unserer Freundin ankommen, Leo und Frieda atmen nicht mal schneller. Irmgard öffnet uns die Tür und ihr Blick fällt auf Friedas Shirt. Ihre Lippen verschwinden praktisch zur Gänze im Mund, so sehr presst sie sie zusammen. Die Augenbraue zuckt kurz, aber mit übermenschlichem Willen sagt sie nur, „Hallo, kommt rein." So eine Beherrschung hätte ich ihr gar nicht zugetraut. Ich glaube, sie wird altersmild.

Meine anderen Freundinnen sitzen schon am Tisch, es riecht nach frischem Streuselkuchen. Irmgard hat seit kurzem einen Kaffeevollautomaten, so ein Monsterding, das Espresso, Cappuccino und Kakao machen kann und wahrscheinlich nebenbei auch noch die Wohnung saugt. Ist mir ja viel zu teuer, mir reicht mein Filterkaffee. Aber ein Elektrorad werde ich mir auch zulegen, Geld hin oder her, das muss sein.

Nach der ersten Tasse Kaffee und etwas Gequatsche, fragt uns Frieda leider wirklich, was wir da in unserem Chat gelöscht hätten. Erst will keine mit der Sprache raus, Irmgard muss plötzlich die Kaffeebohnen auffüllen, Marianne schnäuzt sich, Gudula rührt ganz konzentriert in ihrer Tasse. Ich erbarme mich schließlich, „Du Frieda, kann es sein, dass du einen Freund hast und ihn uns verheimlichst?"

Jetzt wird Frieda rot und rührt ebenfalls in ihrem Kaffee. Irmgard kommt aus der Küche zurück und wir warten alle bis unsere Freundin mit der Sprache rausrückt. „Ja, ihr habt Recht. Ich hab einen Freund", sie guckt verschämt wie ein Schulmädchen.

„Was gibt es da zu Schämen? Das ist doch was Schönes? Denkst du, wir gönnen ihn dir nicht?", fragt Gudula.

„Nein, das ist es nicht", druckst sie herum. Bis es schließlich aus ihr herausbricht, „er ist nur etwas jünger als ich."

„Dann ist es der, der dir letztens die Jacke gebracht hat? Hab ich nur ganz zufällig beob… gesehen", sag ich.

„Ähm, ja. Das ist der Werner. Er ist erst 60."

„Huch, das ist ja noch blutjung, der ist ja noch nicht mal Rentner", kommt von Marianne.

„Ja, deshalb hab ich auch noch nichts gesagt. Aber er ist so lieb und zuvorkommend. Macht mir Geschenke, lädt mich ins Kino oder Theater ein."

„Na das ist ja schön für dich, aber wolltest du niemanden in deinem Alter?", kommt es etwas schnippisch von Irmgard.

„Das hab ich doch nicht extra gemacht. Ich hab mich halt verliebt, ist das so schlimm? Außerdem wird er von alleine alt. Wenn ich einen 75-jährigen nehme, muss ich ihn dann pflegen, wenn er seine Zipperlein hat. Darauf hab ich auch keine Lust.", jetzt ist Frieda wieder wie immer und grinst ganz verträumt."

„Wo hast du ihn denn kennengelernt?", kommt von Leo. Bisher hat sie nur ruhig zugehört.

„Das war witzig, er hat beim Rewe unsere Einkaufskörbe verwechselt. Ich musste ihm hinterher rennen. Ich hab ihn von hinten angemotzt, was das denn soll und ob er nicht aufpassen könne. Dann hat er sich verdutzt umgedreht und ich bin knallrot geworden. Er hat sich ganz süß entschuldigt und mich auf eine Tasse Kaffee eingeladen. Hach, da war es eigentlich schon um mich geschehen." Sie bekommt einen Hundeblick.

Irmgard fängt an zu hüsteln, „Ja das ist ja sehr schön für dich, Frieda. Aber jetzt zu den wichtigen Dingen. Ingeborg, war die Polizei schon bei euch?"

Ich erzähle zusammen mit Leo von Besuch der Polizei und erwähne auch, was die nette Kommissarin mir heute morgen noch zugeflüstert hat.

„Ich glaube, die mag dich bzw. euch", wirft Leonie ein.

„Ja, im Gegensatz zu ihrem Chef. Aber egal, ohne uns bekommen die sowieso nichts raus. Wie gehen wir jetzt vor, habt ihr schon irgendwas im Buschfunk gehört?"

„Nee, bisher noch nichts.", meint Marianne.

Plötzlich bimmeln unseren Handys gleichzeitig, aber in ganz verschiedenen Tönen und Melodien. Alle, bis auf Leo, kramen ihre Smartphones heraus. Eine Nachricht von Meduna-Sabine, wir haben neben der Miss-Marple-Gruppe noch eine Freundinnen-Gruppe, in der Meduna und Susi mit drin sind. Meduna ist noch bis morgen in ihrer *Auren-Sehen-Und-Verstehen* Weiterbildung in Borken.

„Habt ihr schon das Neueste gehört?" ist von ihr gekommen.

Gudula: „Was meinst du"

Meduna:	„Karina hat mir gerade geschrieben, dass gestern Abend zwei Polizeiautos vor ihrem Haus standen und dann bei ihrer Nachbarin geklingelt haben. Als niemand öffnete, haben sie die Tür vom Hausmeister öffnen lassen. Nach einer ganzen Weile, haben sie schließlich bei ihr geklingelt und Karina befragt. Ihre Nachbarin ist in Rhede tot aufgefunden worden. Die Wohnung ist jetzt versiegelt, wie in den ganzen Krimis. Wisst ihr da nichts darüber?"
Ich:	Wenn du so fragst, ja. Meine Enkelin Leonie hat eine Leiche gefunden. Das muss sie dann wohl sein. Weißt du was über die Tote?
Meduna:	Das gibt es ja gar nicht. Passt ja auf euch auf, der Umgang mit soviel Tod und Gewalt ist gar nicht gut für eure Aura, das habe ich gerade gelernt. Ich hab da auch ganz tolle, energetisch-reinigende Mittel für euch. Wenn ich morgen wieder da bin, müsst ihr unbedingt vorbeikommen.
Irmgard:	Dann lade doch Karina auch ein, dann können wir zusammen brainstormen. Oder was meint ihr?

Frieda:	Super Idee. Wie spät? Ich will mich noch mit Werner treffen.
Meduna:	Welcher Werner? Ach das bereden wir morgen. Mein nächster Kurs fängt gleich an: *Gesünder leben für eine strahlende Aura.*

Äh ja, so ist sie und so lieben wir sie. Wetten, Leonie bekommt morgen ihren eigenen Krafttee von unserer Lieblings-Esoterikerin.

Kapitel 10 – Sonntag, 07. August 2022

Ich liebe ganz gemütliche, chillige (würde Leo sagen) Sonntage. Also lassen wir es ruhig angehen, bestellen uns zu Mittag eine Pizza und gehen am frühen Nachmittag mit den Vierbeinern und Frieda im Schlepptau, zu Meduna. Wir treffen uns alle zusammen in der *Seelenpforte*.

Das vertraute Bimmeln ertönt als wir die Tür öffnen. Leonie bleibt vor Staunen der Mund offen stehen. Sie betrachtet das Plakat mit dem keltischen Baumhoroskop an der Wand, das Regal mit den Heilsteinen und Kräutersäckchen. Ihr Blick schweift hin und her. Hier war sie noch nicht und auch Meduna kennt sie bisher nur vom Hörensagen. Die Inhaberin kommt auf uns zu gerauscht und Leos Mund öffnet sich noch ein paar Zentimeter. Die keltisch-druidische Heilerin trägt ihre Lieblings-Lederhose in schwarz und ein silbernes Oberteil. Um ihren Hals schmiegt sich eine schwere Platinkette mit keltischem Kreuz und einer Rune. Neu an ihr ist ein Henna-Tattoo in Gestalt einer Schlange auf einem Stab. Ich glaube Äskulapnatter nennt man das, wie auf den Apothekenschildern. Das Tattoo windet sich von ihrem linken Mittelfinger bis zur Ellenbeuge. Sie nimmt Frieda und mich in die Arme, dann begrüßt sie Leonie. Dabei gibt sie ihr beide Hände und hält sie auf Armesabstand fest. Mit einem mitleidigen Lächeln drückt sie Leonie schließlich auch ganz fest an sich. „Ach meine arme

Kleine, deine Aura ist ganz hellgrau, wie Basalt. Da Basalt ein siliziumoxidarmes Magmagestein ist, solltest du, um deine Aura wieder zu befreien und erstrahlen zu lassen, ein Äquivalent dazu in deinem Krafttee zu dir nehmen.

„Äh ja, nein, vielleicht", kommt es von Leonie.

„Ich mach ihn dir, nehmt schon einmal Platz." Ich schiebe Leonie an den Tisch und stelle sie erst einmal Karina vor, die, leicht lächelnd, die Szene beobachtet hat.

„Keine Angst", flüstere ich Leonie zu, „sie macht nichts Giftiges. Du kannst es bedenkenlos trinken. Auf dem Tisch steht immer Holunderblütensirup, damit geht fast alles runter."

Meduna kommt mit einem Tablett wieder hereingeschwebt. Stellt uns unsere Krafttees auf den Platz und erklärt Leonie ihren Tee. „Ich habe hier einen Aufguss von Heilwasser mit den Blüten der Lunaria annua, auch Silberblatt genannt. Er wird deine Aura von den schädlichen Einflüssen des Leichenfundes säubern, du darfst gern den Holunderblütensirup dazugeben, er verstärkt den Einfluss der Pflanze noch. Wenn du mir dein Geburtsdatum verrätst, gebe ich dir noch einen Heilstein mit, den du dann immer bei dir tragen kannst.

Leonie ist eindeutig überfordert. Ich muss mich übermenschlich beherrschen, nicht laut loszuwiehern, kann ich mich doch noch genau an unseren ersten Besuch in der *Seelenpforte* vor etwa einem Jahr erinnern.

Leonie nickt und nimmt zwei große Löffel Sirup, als es auch schon wieder bimmelt und Irmgard, Gudula und Marianne eintreten. Susi kommt kurze Zeit später ebenfalls dazu. Nach einer Umarmungsrunde sitzen wir alle mit unseren jeweiligen Krafttees an Medunas großem alten Eichentisch.

„Ich kann euch sagen, ich habe soviel positive Energie aufladen können. Selbst ihr müsstet eigentlich meine strahlende Aura erkennen können. Jetzt kann ich euch und ganz Rhede noch viel besser helfen."

Leonie rührt immer noch etwas unschlüssig in ihrem Tee. Auf meinen auffordernden Blick hin, nimmt sie vorsichtig einen Schluck, Meduna-Sabine beobachtet sie verträumt-lächelnd.

„Mmh, sehr lecker. Der tut mir bestimmt gut." Meine Kleene ist eben doch gut erzogen. Jetzt hat sie garantiert bei Meduna einen Stein im Brett, einen Heilstein... Meduna strahlt.

„Aber jetzt zu dem, weshalb wir hier sind", sage ich und blicke Karina an. „Deine Nachbarin scheint ja unsere Leiche zu sein. Kannst du uns irgendetwas über die Frau sagen?."

„Ja, also meine Nachbarin heißt, oder hieß Christine Regner. Sie wohnt erst seit drei oder besser zweieinhalb Monaten hier. Sie kam irgendwo aus Bayern, woher kann ich nicht genau sagen. Ich denke sie war ungefähr Anfang 60. Geredet haben wir nicht viel mehr als Hallo und schönen Tag. Sie sagte, sie wäre aus persönlichen Gründen hierher gezogen und suchte sich gerade einen Minijob. Ich habe sie auch zu meinem Yoga-Kurs eingeladen, wäre ja das passende Alter gewesen. Da hatte sie aber anscheinend keine Lust drauf. Sehr viel mehr kann ich nicht sagen, sie war freundlich und ruhig. Ich hatte immer das Gefühl, ihr liegt etwas auf der Seele, sie hatte so einen traurigen Ausdruck in den Augen. Und jetzt ist sie tot, einfach so, ich kann es gar nicht verstehen. Wer sollte so eine nette Dame kaltblütig umbringen? Vielleicht war es ja doch ein Unfall?"

Gudula ergreift das Wort, „Wenn du wüsstest, was wir in den letzten beiden Jahren alles erlebt haben. Im Affekt töten manche Menschen schon für ein paar Gramm Gras".

„Jaja, die Welt ist schlecht", stimmt Marianne ein.

„Wo können wir denn jetzt am besten ansetzen?", sag ich. „Ich glaube ja immer noch, dass die Hannelore auch ermordet wurde. Kann mir einfach nicht vorstellen, dass sie aus dem Nichts die Treppe runterpurzelt und sich dabei das Genick bricht."

„Ach jetzt hör doch auf mit deinen Verschwörungstheorien, Ingeborg. Nicht jeder, der in Rhede den Löffel abgibt, wird gemeuchelt. Leute sterben eben einfach. Hannelore wird sich ein Gute-Nacht-Likörchen zu viel genehmigt haben. Dann ist sie gestolpert und das war es schon. Menschen passieren nun mal dumme Sachen, das war in dem Fall eben, entschuldigt den Ausdruck, saudumm", kommt es von Irmgard, natürlich mit hoch gezogener Augenbraue.

Ich bin fürs erste still und denke mir meinen Teil. Dann müssen wir eben als erstes den Mord an Christine aufklären und weitersehen.

„Kannst du denn noch was rausbekommen, Karina", beteiligt sich jetzt auch Frieda am Gespräch. Sie saß bisher nur nachdenklich dabei. „Bisher wissen wir nicht mehr als die Polizei, dass finde ich doof, nicht dass die dieses Mal schneller sind als wir".

„Ich weiß momentan nicht wie, aber ich kann es versuchen. Mal sehen, was sich ergibt."

„Könnten wir nicht das Siegel knacken und die Wohnung durchsuchen", schlägt Marianne vor. „Die Polizei war ja schon drin, dann bekommen die das ja bestimmt gar nicht mit." Hui, Marianne ist heute aber vorwitzig, sonst ist sie ja immer etwas ängstlich.

„Vielleicht kommt ja jemand, um ihre Wohnung auszuräumen. Die könnte ich ja dann mal fragen. Oder euch anrufen, wenn ich jemanden in der Wohnung höre. Das wird sich ja eine Weile hinziehen. Ihr kommt dann einfach vorbei und redet mit den Leuten", meint Karina.

„Das ist eine tolle Idee, so machen wir es", beschließen wir.

Leonie beteiligt sich nicht am Gespräch, sie hört einfach zu und rührt in ihrem Tee. Sie hat inzwischen schon Nachschlag von Meduna bekommen, scheint nicht so schlecht zu schmecken. Schließlich quatschen wir über alles Mögliche und meine Freundinnen fragen sie, wie es ihr denn in Rhede gefällt. Jetzt kommt meine Enkelin etwas aus sich heraus und beginnt zu erzählen.

Sie berichtet über ihre Lehre und über ihre Familie in Chemnitz. Ich erfahre, dass sie schon ein paar Leute in ihrem Alter kennengelernt hat und heute noch von einem Bekannten zu einer Radtour abgeholt wird. Jetzt fängt sie an zu grinsen, „Ich hab ihn letztens kennengelernt, als ich mit deiner Meute im Prinzenbusch Gassi war, Omi."

„Das hast du mir ja gar nicht erzählt. Wie heißt er denn, wie alt ist er und wo wohnt er?".

„Stopp, Oma. Genau deshalb hab ich es dir noch nicht erzählt. Schalt mal einen Gang zurück, ich will ihn nicht heiraten, nur ein bisschen mit ihm abhängen, chill mal."

„Entschuldige Leo, war nicht böse gemeint. Aber irgendwie scheinen plötzlich alle Leute Geheimnisse vor mir zu haben." Ich schau Frieda über den Tisch hinweg an. Sie wird leicht rosa, Meduna guckt von mir zu ihr.

„Ach ja, da war ja was, meine Liebe. Wer ist denn jetzt dieser Werner?"

Frieda grinst leicht debil, wie ein Backfisch, und erzählt uns bzw. Meduna noch einmal von ihrem Werner.

Wir gehen mit dem Versprechen auseinander, dass sie ihn uns bald bei einem leckeren Abendessen vorstellt.

Kapitel 11 – Montag, 08. August 2022

Ich glaube, jetzt können unsere Ermittlungen endlich richtig beginnen. Heute morgen hat mich Karina angerufen. Die Polizei war zusammen mit einem Ehepaar in der Nachbarwohnung. Sie ist jetzt wohl freigegeben, denn die Leute beginnen, dem Krawall nach zu schließen, schon einige Sachen auszuräumen.

Ich teile das natürlich gleich meinen Mädels mit und wir verabreden uns für 10.00 Uhr beim Wohnhaus unserer Leiche.

Wir sind heute sogar vollzählig und gehen auch gleich in den ersten Stock. Karina ist nicht da, sie musste zu einem ihrer Vormittags-Yoga-Kurse. Die Tür zur Wohnung von Christine Regner steht einen Spalt offen, wir klingeln trotzdem und sofort wird von einer Frau Mitte 50 geöffnet. Sie hat rotgeweinte Augen, hält ein Taschentuch in der linken Hand und schaut uns abwartend an. Die Ähnlichkeit mit der Toten ist unverkennbar, es scheint ihre Schwester zu sein.

„Guten Tag", beginne ich. „Sie werden sich sicher wundern, was wir hier wollen. Wir würden uns sehr gern mit ihnen über Frau Regner unterhalten".

„Ähm, Hallo, wie können wir ihnen helfen? Kannten sie meine Schwester?" In diesem Moment kommt ein Mann dazu, sie stellt ihn uns als ihren Ehemann vor.

„Guten Tag, wir möchten uns erst einmal vorstellen", übernimmt Irmgard, resolut wie immer. Sie deutet auf jede von uns, sagt unsere Namen und fährt fort, „Die Enkelin von Ingeborg Schneider hat am Freitag zufällig ihre Schwester, Frau Regner, tot aufgefunden. Da wir in der Vergangenheit schon mehrere Mordfälle aufklären konnten, möchten wir auch in ihrem Fall gerne behilflich sein. Ohne uns hätten sich die Kommissare deutlich schwerer getan, die Fälle zu lösen."

„Kommen sie doch erstmal herein", fordert uns der Mann auf. Sie stellen sich uns vor, als Karolin und Michael Ammer. „Ich mach uns einen Kaffee", sagt er und verschwindet in der Küche. Karolin führt uns ins Wohnzimmer, welches eigentlich picobello aufgeräumt ist. Nur wenn man genau hinschaut, bemerkt man, dass die Polizei die Wohnung gründlich untersucht hat.

„Wie kann ich ihnen denn helfen", fragt Karolin. „wer sollte meiner Schwester etwas angetan haben? Sie war doch eine harmlose Frau in der Mitte ihres Lebens. Die Polizei hat mich auch schon befragt, aber eine Hilfe konnte ich wahrscheinlich nicht sein."

Gudula beginnt, „Erzählen sie uns doch ein bisschen aus das Leben ihrer Schwester, was hat sie getan, wo gewohnt, hatte sie einen Job – so Sachen eben."

„Ja, ihre Vita wäre unter Umständen sehr hilfreich, warum ist sie in diesem Alter noch umgezogen? Was wollte sie in Rhede?", fährt Irmgard wieder dazwischen.

„Soviel Interessantes gibt es da gar nicht zu erzählen. Christine ist, äh war…", hier muss Karolin sich schnäuzen und sich die Augen abtupfen, „Entschuldigung, sie war 61 Jahre alt und hat ihr Leben lang in Bayreuth gewohnt. In ihren jungen Jahren war sie auf der Suche nach dem Lebenssinn, war sogar ein Jahr lang in so einem komischen Sektendorf, wie nennt man das nochmal, wo die Leute so orangene Klamotten anhaben wie die Inder. Ich komm nicht drauf, wissen sie was ich meine?"

„Sie war also eine Bhagwan-Anhängerin?", fragt Marianne interessiert. „Wie nannten die sich nochmal? Ich glaube Sannyasins. Ich fand diese Bewegung damals total interessant, hätte mich aber nie getraut, da mitzumachen. Man hat da ja Dinge gehört, ungezügelter Sex", schon bei dem Wort läuft Marianne dunkelrot an, „stundenlange Tanzmeditationen, Schreien und solche Dinge."

„In der DDR hab ich davon nicht allzu viel mitbekommen, aber hab mal eine Reportage darüber gesehen", kommentiere ich. „Dieser Bhagwan hieß der nicht dann Bono?"

„Aber Ingeborg, er hieß Chandra Mohan Jain, wurde als Bhagwan Shree Rajneesh bekannt und nannte sich ab 1989 Osho, nicht Bono. Bono ist der von dieser Rockband", Irmgard zieht wieder ihre Augenbraue hoch. Jaja, unsere wandelnde Enzyklopädie. „Osho gründete die Neo-Sannyas bzw. Baghwan-Bewegung 1970. Die bestimmenden Elemente der Sekte waren Meditation und Bewusstsein. Sein Ashram war in Poona. Heute heisst es Pune, Indien. Als dieser nach ca. zehn Jahren so groß wurde, dass er nicht mehr erweiterbar war, kaufte seine Sekretärin in der USA ein Stück Land so groß wie Manhattan und verlegte die Kommune dorthin. Aber die Bewegung hatte sich zu diesem Zeitpunkt schon bis nach Europa ausgebreitet.

„Ja, so war das wohl", Karolin scheint ziemlich überrascht von Irmgards Wissen. „Meine Schwester war ungefähr ein Jahr lang in Poona. Dann kam sie dann nach Bayreuth zurück und meinte, es wäre eine interessante Zeit gewesen. Sie hätte viel über sich gelernt, aber damit jetzt abgeschlossen. Sie führte ein ganz normales Leben, hatte einen Mann, der vor einer Weile an einem Herzinfarkt verstorben ist. Leider waren ihr aber keine Kinder vergönnt. Sie war immer recht verschlossen. Vor ungefähr einem halben Jahr teilte sie uns mit, dass sie ihr Haus verkaufen möchte und noch einmal wo anders neu beginnen wolle."

Michael ist inzwischen mit dem Kaffee aus der Küche gekommen, hat uns eingeschenkt und fügt hinzu, „Wir waren ziemlich überrascht. Haben sie gefragt, wie sie gerade aufs Westmünsterland kommt. Sie sagte nur, dass sie hier jemanden kennen würde und ein sehr gutes Jobangebot bei der Caritas als Ausbildungsberaterin bekommen habe. Karolin fand es schade, das Christine so weit wegziehen wollte, aber mit dem Auto ist man ja nicht aus der Welt. Sie rief uns sporadisch an, sagte dass alles gut liefe und wir sollten sie besuchen, wenn sie sich eingelebt hätte."

Karolin fängt jetzt an laut zu schluchzen, „Wenn ich gewusst hätte, dass wir uns nicht wiedersehen, hätte ich alles versucht, sie bei uns zu behalten. Meine einzige Schwester…"

Frieda sitzt neben Karolin und streichelt ihr über den Arm, „Wir werden herausbekommen, wer ihrer Schwester das angetan hat, wir versprechen es."

Karolin knetet ihr, inzwischen nasses Taschentuch. „Sie können uns jederzeit erreichen. Vielleicht fällt uns ja noch etwas Wichtiges ein."

„Ja, das wäre gut, manchmal sind es ja gerade die Kleinigkeiten. Vielleicht haben sie ja noch ein paar Fotos die wir uns anschauen könnten", sage ich.

„Also ihre Fotoalben müssen hier rumstehen. Die Polizei hat sie auch schon durchgesehen und zurückgegeben. Wenn sie versprechen, dass ich sie unbeschadet wieder bekomme, könnt ihr sie gern mitnehmen. Wenn es euch hilft", Karolin ist ins Du übergegangen.

„Das wäre schön Karolin, ich darf dich doch dutzen?"

„Ja, Ingeborg, natürlich."

„Einfach Inge, bitte. Wir versprechen, alle Alben ordentlich zurückzugeben. Wir wollen euch auch gar nicht weiter aufhalten, aber wir bleiben in Verbindung.

Karolin holt die Alben und legt sie in einen Umzugskarton, wir tauschen Handynummern und verabschieden uns.

Als wir wieder bei unseren Autos sind, beschließen wir, uns heute Nachmittag bei mir zu Hause zu treffen, um die Fotos durchzusehen. Leonie möchte sich bestimmt auch weiter an den Ermittlungen beteiligen.

Kapitel 12 – immer noch Montag, 08. August

Es ist um vier, der Kaffeetisch ist angerichtet. Ich hatte noch genug Zeit um ein Blech Kirmeskuchen zu backen, Leos Lieblingskuchen. Sie duscht gerade und hat sich schon meine Neuigkeiten angehört. Am liebsten hätte sie gleich in den Alben geschmökert, aber die werden erst mit dem gesamten Miss-Marple-Club durchgesehen. In unsere Whats-App-Gruppe hab ich meine Enkelin auch schon aufgenommen.

Leonie kommt frisch geduscht und zeitgleich mit meinen Freundinnen. Jeder kriegt ein Stück meines frischen Kuchens, der noch lauwarm ist, ich kann euch sagen, dass ist ein Genuss. Ihr müsst ihn unbedingt nachbacken. Wenn ich dran denke, bekommt ihr das Rezept. Leo gibt mir einen Schmatzer auf die Wange, „Boah, Oma, der ist so lecker. Echt nice, dass du meinen Lieblingskuchen gebacken hast."

Da wir alle ganz furchtbar neugierig auf die Fotos sind, wird schnell der Tisch abgeräumt und das erste Album geöffnet. Wir sitzen ganz eng zusammen an der Breitseite des Tisches. Das erste Album enthält hauptsächlich Kinderbilder von Christine und ihrer Familie. Wir blättern es schnell durch, hier gibt es nicht viel zu sehen. Ein Familienbild auf dem die Mädchen vielleicht acht und fünf Jahre alt sind fällt mir besonders ins Auge. Christine, die Ältere mit hellblondem Schopf und ihre jüngere

Schwester Karolin mit rotblondem Pagenschnitt. Die Ponys der beiden Kinder wurden höchstwahrscheinlich von der Mutter selbst verursacht, der von Karolin endet über den Augenbrauen und zeigt eine deutliche Kurve, der von Christine ist relativ gerade, aber dafür um einiges zu kurz, da wurde wohl ordentlich korrigiert. Sie sitzen auf kleinen Stühlchen, dahinter stehen Mutter und Vater. Irgendetwas kommt mir an Christine bekannt vor, ich kann es aber nicht fassen, der Gedanke flutscht mir durch die Finger.

Wir schnappen uns das zweite Album. Hier sind die beiden Mädchen als Teenies zu sehen, in den Minikleidern der 70-er Jahre. Familienurlaube im Westerwald und Schulbilder. Ein Bild der jungen Christine bei ihrer Firmung, eine Reihe vom Schulabschluss. Wie eben das Leben so spielt. Die Bilder mit Eltern und Schwester werden seltener. Christine als frisch verliebter Backfisch mit ihrem ersten Freund. Sommerbilder von ihr und ihren Freunden an einem See. Weihnachten mit der Familie und Silvesterfeier.

Am Ende des Albums wird es spannender. Christine ist in Poona angekommen. Sie hat sich das Haar brünett gefärbt, trägt es lang und offen, dieses Mal mit gerade geschnittenem Pony. Sie hat ein orangenes Midikleid aus Leinen an. Die Seite ist betitelt mit „ Lebensveränderung 1979 bis 1980 in Poona". Christine schaut lächelnd und etwas entrückt in die Kamera, eine wunderschöne, junge Frau, am Beginn eines Abenteuers. Es gibt nicht viele

Bilder aus dieser Zeit. Eines, auf dem man Christine, eine andere junge Frau und zwei junge Männer einen Weg entlanggehen sieht. Sie halten sich alle an den Händen. Jeder trägt orangefarbene Kleidung in verschiedenen Varianten. Alle drehen der Kamera den Rücken zu – nur Christine hat sich mit einem strahlenden Lächeln im Gesicht zum Objektiv gedreht.

Auf einem anderen Foto sieht man ungefähr zehn junge Leute bei einem ekstatischen Tanz umherspringen. Dann gibt es noch ein Gruppenbild: Christine sitzt neben einer rotblond gelockten jungen Frau, diese ist kleiner und etwas untersetzt, das muss die auf dem anderen Foto sein. Es sind ungefähr 15 Frauen und Männer auf dem Bild, alle in roten oder orangenen Gewändern. In der Mitte thront ein Mann mit langem, grauen Haar und Bart mit indischen Gesichtszügen. Er sticht aus dem Foto heraus, guckt freundlich, etwas verschmitzt, wie ein netter Opa. Das muss dieser Bhagwan sein. Alle anderen tragen eine lange Kette mit Holzperlen und einem offenen Amulett in der Mitte. Ich kann nicht genau erkennen, was darauf zu sehen ist und will schon meine Lupe holen.

Da meldet sich Irmgard zu Wort, „Ach schaut mal, sie tragen alle eine Osho-Mala".

„Häh?", kommt von Leonie.

„Tja, sowas lernt man heutzutage nicht in der Schule", kommt etwas verschnupft von der Exlehrerin. Das ist eine hinduistische bzw. buddhistische Gebetskette, sie besteht aus 108 Perlen und hat mittig eine Guru- oder Bindu-Perle. Hier ist das Bildnis von Bhagwan abgelichtet. Sie wird zum Beten oder zur Meditation benutzt, wobei die Bindu-Perle beim Zählen der Mantras nicht mitgezählt wird. Die Mala wurde den Jüngern von Bhagwan persönlich mit einem neuen Namen umgehängt." Und tatsächlich, auf der nächsten Seite ist noch ein Bild von ihr allein, dabei steht: Mein neues Ich, danebenist etwas geschrieben, aber so oft durchgestrichen, dass es leider unlesbar ist.

„So ein Mist, ihren neuen Namen hätte ich gern gewusst", nuschele ich.

„Vielleicht wollte sie ihn für sich behalten", mutmaßt Gudula. Wir schauen uns das nächste Album an, Christine ist wieder in Bayreuth in einem scheinbar ganz normalen, bürgerlichen Leben angekommen. Es folgt etwas später ein Hochzeitsbild, Urlaubsfotos an der Nordsee und in den Alpen. Sie und ihr Mann werden älter und sie ähnelt immer mehr ihrem, jetzt leider toten Abbild auf meinem Handy.

„Also viel hat uns das ja nun nicht gebracht, aber die Bilder in Poona waren schon echt grinch", kommt von Leonie.

„Was waren die? Sprich ordentlich.", macht sich Irmgard unbeliebt.

Leonie verdreht die Augen, bevor sie, jedes Wort laut und überdeutlich aussprechend sagt. „Die Fotos von Poona waren sehr ungewöhnlich und etwas verstörend".

„Geht doch!"

Leonie holt sich noch einen Kaffee. „Die jungen Leute mit ihrer Sprachverstümmelung", muss Irmgard noch einwerfen.

„Ach komm schon Irmi, als wir jung waren, haben wir auch anders gesprochen als unsere Eltern und Großeltern", verteidigt Frieda, Marianne nickt zustimmend.

„Ich heiße Irmgard", kommt es von derselben etwas verschnupft.

Ich lenke die allgemeine Aufmerksamkeit wieder auf die Fotoalben, „Lasst uns das alles erstmal verdauen! Ich behalte die Bilder, vielleicht fällt uns im Nachhinein ja noch etwas auf. Wir verabschieden uns und begleiten die vier Freundinnen zur Tür, wobei sich Leonie bei Irmgard ziemlich zurückhält. Irmgard kann aber auch echt übertreiben.

Anschließend drehen wir noch eine Runde mit den Tieren und stellen fest, dass wir eigentlich nur die Fotos von Indien für irgendwie relevant halten.

Kapitel 13 – Dienstag, 09. August 2022

Ich werde von meinem Handyklingelton geweckt. Drehe mich um zum Wecker und bin durch das wütende Miauen meines Katers ganz wach. Es ist dreiviertel sechs, also 5.45 Uhr in westdeutsch.

Ich gehe ans Telefon und höre eine schluchzende Leonie. „Oma, du musst ganz schnell zu dem Laden für Braut- und Festmode kommen."

„Äh, was, ich versteh dich nicht, Leonie. Nochmal langsam".

„Oma komm ganz schnell in die Bahnhofstraße zu dem Geschäft *Gala4Me*. Ich habe schon wieder eine Tote gefunden."

Das gibt's ja nicht, ich lege auf und zieh mir einfach über mein Nachthemd eine Hose und eine Strickjacke. Schuhe an, Handy, Autoschlüssel und los.

Als ich fünf Minuten später in der Bahnhofstraße ankomme, wartet Leonie schon vor der Tür des Geschäftes. „Hast du die Polizei schon angerufen? Was machst du eigentlich hier, du kommst ja zu spät zur Arbeit", schießen die Fragen hervor.

„Jaja, natürlich hab ich die Bullen gerufen. heute morgen hatte ich solche Kopfschmerzen und du hattest keine Schmerztabletten mehr. Da bin ich bei der

Hirschapotheke vorbeigefahren, die haben Nachtdienst. Hab mir was gekauft und wollte dann zur Schreinerei fahren. Da hab ich sie dann zufällig gesehen…", jetzt muss Leo doch schniefen und zeigt aufs Geschäft.

Normalerweise sind die beiden Schaufenster sehr schön mit den ganzen Braut- und Festkleidern dekoriert. Jetzt ist eines der Fenster leergeräumt und auf mittig auf einem lila Teppich befindet eine große Plastikplane. Auf dieser liegt eine Frau auf dem Bauch mit langen, blonden Haaren und in einem opulenten, weißen Brautkleid. Die Füße sind nackt und überall ist Blut. Unter der Frau sehe ich eine Pfütze, Spritzer auf der Plane und auf dem Kleid. Komisch, wie kommt denn das Blut auf den Rücken, wenn es auch unter ihr ist…

„Komm, wir gehen mal rein, dass will ich mir genau anschauen", sag ich.

„Omi, das geht nicht, wenn uns die Polizei dabei erwischt, kriegen wir massiv Ärger, wir verunreinigen doch garantiert den Tatort!"

„Papperlapapp, wir passen schon auf!", sag ich und ziehe Leonie mit mir mit. Auf ein Drücken mit dem Ellenbogen geht die Tür auf. Wir stehen im Laden, also wurde die Tür aufgebrochen. Da muss ja schon ein Profi dran gewesen sein, sicher hat die Ladeninhaberin eine Alarmanlage. Ich gehe zur Leiche. Leonie bleibt unschlüssig an der Tür stehen, „Oma, ich hab echt Schiss, dass wir Ärger kriegen."

„Wir müssen doch schauen, ob sie vielleicht noch lebt. Komm her, lass sie uns vorsichtig umdrehen. Ich hör schon die Sirene."

Leonie kommt langsam zu mir bzw. zur Leiche. Ich fasse ihr an den Hals um nach dem Puls zu suchen. Da sehe ich einen Bartschatten und kann ihn auch fühlen. Häh? Was ist denn das? Die Leiche starrt mich aus toten, angstgeweiteten Augen an und ist eindeutig ein Mann. Der Mund steht offen – jetzt nicht nur der, nein, dem Toten sondern auch uns...

Vor Schreck rutsche ich mit der Hand ab und lande in einem Blutfleck. „Oma, pass doch auf. Du kontamierst einen Tatort!"

„Kontaminierst!"

Irgendwas ist hier noch falsch, ich rieche an meiner Hand. Sie riecht gar nicht metallisch, wie Blut halt riecht."

„Riech mal, Leonie!" Ich halte meiner Enkelin die Hand unter die Nase. Angewidert schnuppert sie. „Das riecht nach gar nichts – was meinst du?"

„Eben, es riecht nach gar nichts. Blut riecht nach Metall, dass hier nicht. Das ist definitiv kein echtes Blut. Ich würde auf Theaterblut oder einfach rote Farbe tippen. Und wieso hat der Mörder einen Mann als Frau verkleidet? Und wenn das Blut nicht echt ist, woran ist der Tote gestorben?"

„Das ist wirklich alles sehr strange."

„Ich mach schnell ein Foto, die Polizei ist bestimmt gleich da". Ein Glück, dass ich ohne Telefon nicht aus dem Haus gehe.

„Omi, du bist echt krass. Wir kriegen bestimmt richtig Beef mit den Bullen!"

Ich hab gerade das Smartphone wieder weggesteckt als ich auch schon das Blaulicht im Schaufenster blinken sehe. Noch mal Schwein gehabt...

Da donnert es auch schon von draußen, „Frau Schneider, was machen sie denn schon wieder hier. Sie kontaminieren einen Tatort und jetzt ziehen sie auch noch ihre Enkelin mit rein."

Toll, wenn wenigstens die Streifenpolizisten gekommen wären, nein, bei unserem Glück tauchen natürlich sofort die Kommissare Hülskamp und Wohlbeck auf!

Leonie meldet sich schüchtern zu Wort. „Entschuldigung, ich habe zufällig auf dem Weg zur Arbeit die Leiche gefunden. Dann habe ich die Polizei angerufen und halt auch meine Oma, ich war so fertsch, äh fertig", sie fängt an zu weinen. Wow, das macht sie aber toll, gut geschauspielert. Schluchzend wirft sie sich in meine geöffneten Arme. Ich übernehme.

„Ich bin natürlich sofort hergefahren. Wir sind ganz vorsichtig rein, es hätte ja sein können, dass der Mann noch lebt. Vielleicht hätten wir noch Erste Hilfe leisten können."

„Jaja, ist schon klar, aber wieso Mann?" Herr Wohlbeck steht noch bei uns. Die Kommissarin Hülskamp dagegen ist sofort frisch behandschuht zur Leiche gegangen. „Ja, es ist definitiv ein Mann", wirft sie ein, „Hier ist ein Blutfleck, oder was auch immer das ist, verschmiert. Frau Schneider?"

„Äh, ja, das war ich", muss ich kleinlaut zugeben und halte dem Kommissar meine Hand hin. „Das tut mir furchtbar leid, bin abgerutscht. Aber Blut ist das wirklich nicht, dann ist es doch eigentlich nicht sooo schl…"

„Frau Schneider! Raus jetzt mit ihnen beiden. Das gibt's ja nicht, ich will sie nicht mehr an meinem Tatort sehen. Wir werden ihnen später nochmal einen Besuch abstatten."

„Moment", kommt von Frau Hülskamp. Sie tritt zu uns, „Leonie, sie arbeiten doch bei der Schreinerei Niehaus, wie sie uns bei der vorigen Befragung mitgeteilt haben. Wieso fahren sie dann durch die Innenstadt, das ist doch ein Umweg?"

Meine Enkelin berichtet vom Apothekenstop, die Kommissarin notiert sich alles und meint, dass sie das überprüfen werden. Dann sind wir entlassen.

„Oma, ich glaube, ich kann heute nicht arbeiten. Mir ist total zittrig."

„Das versteht Christoph bestimmt, ruf in der Schreinerei an. Dein Rad lassen wir hier stehen, das kannst du später abholen. Du fährst mit dem Auto mit. Sag mal, hast du das Weinen vorhin gespielt oder war das echt?"

„So halb – halb." Sie schließt ihr Rad ab und steigt in mein Auto. Auf der Heimfahrt sagt sie in der Schreinerei Bescheid, der Chef ist ziemlich baff und meint, sie solle sich soviel Zeit nehmen, wie sie braucht. Zu Hause mache ich ihr einen heißen Kakao und packe meine Enkelin ins Bett, bevor ich meine Freundinnen, inclusive Foto, über die Neuigkeiten informiere.

Kapitel 14 – immer noch Dienstag, 09. August

Gegen Mittag kommt Leo in die Küche geschlurft. Sie setzt sich mit einem Kaffee zu mir an den Tisch und schnieft in ihre Tasse.

„Hast du den Marples schon alles berichtet?", fragt sie. Ich sehe ihr an, dass unsere zweite Leiche sie doch ziemlich mitgenommen hat.

„Ja, ich habe ihnen gleich geschrieben. Hast du noch gar nicht aufs Handy geschaut?"

„Nö, ich war total auf. Hab geschlafen, eigentlich komisch, dass ich nicht von blutigen Zombies geträumt hab."

„Na ein Glück. Ich schnapp mir mein Handy und zeige ihr den Chat, da Leonie ihr Smartphone oben im Zimmer gelassen hat. Daran merke ich, dass sie das extrem mitnimmt. Normalerweise ist das Telefon an ihr festgewachsen.

Leo scrollt durch den Nachrichtenverlauf. Marianne hat als erstes reagiert und drei erschrockene Emojis geschickt. Irmgard wollte natürlich alles ganz genau beschrieben haben. Ich sehe förmlich ihre hochgezogene Augenbrauen und den zum Strich verzogenen Mund vor mir. Gudula fragt, ob wir offensichtliche Wunden gesehen haben, was ich verneinte. Frieda stellt fest, dass der Mann auch ungefähr 60 Jahre alt ist.

Das geht mir im Nachhinein nicht aus dem Kopf. Drei Leute tot – alle im selben Alter. Kann das wirklich Zufall sein oder hängt das irgendwie zusammen. Ich schreibe es den Mädels.

Frieda antwortet, „Wieso drei? Denkst du immer noch, dass Hanni ermordet wurde? Die Polizei hat doch gesagt, es war ein Unfall."

„Die Polizei, die Polizei... als ob die sich noch nie geirrt haben!", ereifere ich mich vor Leonie. Sie sitzt nachdenklich in ihrem Stuhl. Dabei zieht sie ihren Kaugummi ein Stück aus dem Mund und dreht daran herum, dann beginnt sie auch noch zu kibbeln.

„Leonie! Lass das, du fällst noch um! Und das mit dem Kaugummi ist eklig", schimpfe ich.

„Sorry, Oma. Aber das hilft mir total beim Nachdenken. Was ist, wenn die drei Todesfälle doch irgendwie zusammenhängen? Da müssen wir unbedingt nachforschen."

„Wir müssen erstmal wissen, wer der Tote ist. Mach doch mal mit dem Foto der Leiche eine Rückwärtssuche", meint Leonie.

„Eine was?"

„Gib mal dein Telefon." Leonie stellt das Foto in die Suchmaschine ein und schon haben wir einen Treffer:

Michael Lohmann bekannt als Madame La Bouche

tritt heute im Diva-Feeling in Bocholt auf.

Steht in einem BBV-Artikel vom 13. Mai 2022. Daneben ein Foto von unserer Leiche als Mann in Alltagsaufmachung und eines als Dragqueen, allerdings ist sie bzw. er damals sehr lebendig. Auf dem Foto ist er top gestylt, ohne Bartschatten, mit blonder Langhaarperücke und violettem Abendkleid zu sehen. Viel Glitzer, Stilettos und Mikrofon vor dem Mund, der dunkellila nachgezogen ist. Im Artikel steht, dass der aus Bocholt stammende Michael Lohmann nach einer glanzvollen Karriere als Dragqueen und Auftritten in ganz Europa, aus familiären Gründen in seine Heimatstadt zurückgezogen ist und gern in Zukunft öfter in der Bar „Diva-Feeling", Ravardistraße, in Bocholt auftreten möchte.

„Das ist ja interessant, muss ich gleich in die Gruppe schicken", ich mach einen Screenshot vom Artikel. Dieses Mal reagiert Frieda zuerst.

„Seit wann gibt es denn so eine Kneipe in Bocholt?"

Leonie ist inzwischen nach oben gerannt und hat ihr Handy geholt. Ehe sie wieder da ist, erscheint schon ihre Antwort auf dem Bildschirm. Die Bar gibt es seit Anfang des Jahres. Naja, auf der Bocholter Kneipenstraße bin ich nicht so oft unterwegs.

Marianne antwortet per Sprachnachricht, „Was ist nochmal eine Dräägkwien? Sind das transsexuelle Männer?"

Leo schreibt, „Nee, muss nicht. Sie verkleiden sich halt gern als Frauen, wie ihr seht, auch richtig gut. Andersherum sind Frauen, die sich für solche Auftritte, meist mit Gesang und so, als Männer kleiden, Dragkings."

Wieder was dazu gelernt. Leonie sagt mir, dass sie an der Bar schon vorbeigekommen ist, aber bisher noch nicht drin war.

Irmgard schreibt, dass sie das Leichen-Bild gerade vergrößert hat und auch keinen Hinweis auf die Todesursache gefunden hat. In diesem Moment klingelt es an der Tür. „Das ist bestimmt die Polizei, Handy weg", zische ich meiner Enkeltochter zu, bevor ich in den Flur gehe. Mein Telefon habe ich auch schnell ausgeschaltet und in meinen Wollkorb geschmissen.

Als ich die Tür öffne, stehen die beiden Kommissare mit Leonies Rad vorm Haus. „Wir dachten, wir sparen ihnen den Weg."

„Das ist ja nett, lassen sie es einfach hier stehen, ich bringe es dann in die Garage. Kommen sie rein.

Leonie hat für die Polizisten schon Kaffee eingeschenkt. Wir setzen uns zusammen an den Küchentisch und Frau Hülskamp erkundigt sich, wie es meiner Enkelin geht. Psychologische Betreuung lehnt Leonie wieder ab und meint, dass sie schon klar kommt, sie habe ja ihre Oma und die Tiere.

Der Herr Hauptkommissar gibt sich nicht mit solchen Plänkeleien ab und teilt uns mit, dass er unsere Angaben überprüft habe, und alles seine Richtigkeit hätte.

Ja natürlich, als ob wir lügen würden. Ich kann mir die Frage nicht verkneifen, an was der Mann denn nun gestorben ist, und wie er heißt. Schließlich können wir ja nicht alle unsere Asse offen auf den Tisch bringen – das ist ja keine richtige Lüge.

Ist ja logisch, dass wir von ihm keine Antworten bekommen! Nur das was man in jedem Krimi hört: „Sie wissen, Frau Schneider, dass wir über laufende Ermittlungen keine Auskunft erteilen können." Frau Hülskamp hat bei diesen Worten wieder dieses Zucken im Mundwinkel. Schade, dass sie nicht allein da ist, vielleicht würde sie uns ja einen Tipp geben. Sie fragen uns noch, ob wir etwas Verdächtiges bemerkt haben. Was wir beides verneinen können. Dann zum Abschluss das Übliche, wir sollen uns aus ihren Ermittlungen raushalten.

Ich bringe sie zur Tür und grüße noch schnell den Wolfgang von gegenüber. Er ist gerade aus seinem weißen VW-Bulli gestiegen und schaut verdutzt auf die beiden Polizisten. Dann geht er, ohne meinen Gruß zu bemerken, zur Tür und verschwindet im Haus. Naja, der hat wohl anderes im Kopf. Ich hab erfahren, dass seine Frau sich endgültig von ihm getrennt hat.

Dann bring ich noch schnell das Fahrrad weg und als ich wieder in die Küche komme, hat Leonie schon eine Liste mit dem Titel „Wichtige Ermittlungspunkte" begonnen. Ausnahmsweise mal nicht digital, sondern ganz analog auf meinem Einkaufsblock.

- an was ist Michael Lohmann gestorben?
- wer kann eine Alarmanlage knacken?
- hat die Ladeninhaberin Feinde. Warum lag der Tote in ihrem Geschäft?
- Verbindung zwischen Michael Lohmann und Christine Regner?
- Feinde von Michael Lohmann?

Wir schreiben es in die Gruppe. Irmgard teilt uns mit, dass die Inhaberin Christa Thöne heißt und in Rhede wohnt. Eine Alarmanlage können mit ein bisschen Input wohl einige Handwerker knacken, wenn sie sich genau in die Materie einarbeiten. Gudula sagt, dass sie noch einmal bei der Schwester von Christine Regner nach einer Verbindung fragt. Frieda hat wie immer eigentlich keine Zeit. Marianne hat gute Bekannte mit einer Kneipe in der Ravardistraße, die will sie mal anrufen. Leonie und ich beschließen, unsere Hunderunde zu „Gala4me" zu machen. Vielleicht treffen wir diese Frau Thöne ja dort an.

Als wir nach einer Stunde dort ankommen, ist das Geschäft leider noch geschlossen. Die Schaufester sind mit einer blickdichten Plane von innen verhängt. An der Tür befindet sich ein Schild mit folgender Aufschrift:

Leider haben wir momentan geschlossen.

Wir sind voraussichtlich

wieder am Donnerstag, dem 11.08.22 für sie da.

Naja, das war ja eigentlich klar. Wir laufen wieder nach Hause und heute abend ist Yoga. Wenigstens etwas Schönes.

Kapitel 15 - Mittwoch, 10. August 2022

Das war gestern Abend trotz allem wieder eine schöne Sporteinheit. Dieses Mal war mein *Herabschauender Hund,* kein altersschwacher Köter, sondern ganz ansehnlich und nur Mariannes *Boot* ist sozusagen untergegangen. Allerdings musste Karina uns zu Beginn zur Ruhe zwingen, da der Mord im *Gala4me* natürlich das Thema war.

Eine der Frauen, sie heißt Karola, kannte das Opfer und ließ kein gutes Haar an ihm. Ihre Freundin ist die Mutter von Madam La Bouche. Da wurden wir natürlich hellhörig. Irmgard hat sie nach der Schlussmeditation beiseite gezogen und wir haben sie nach allen Regeln unserer Verhörkunst unterzogen.

„Michael war schon immer etwas eigen, er ist, als er 18 war, einfach von zu Hause abgehauen. Er lies nur einen Zettel da, dass er nicht mehr wiederkommen werde , weil er sich zu Hause unverstanden fühlt. Ist nach Köln gegangen zu einem Kumpel. Ilse, seine Mutter, hat sich wochenlang die Augen ausgeheult. Irgendwann, es war bestimmt schon ein Monat vergangen, hat er angerufen und gesagt, dass es ihm gut ginge. Zu Beginn jobbte er in irgendwelchen Kneipen und sang dort auch. Irgendwann hat er dann angefangen, sich als Frau zu verkleiden und ist damit schließlich ja groß rausgekommen. In Bocholt hat er sich nicht mehr großartig blicken lassen. Soviel ich

weiß, war sein Vater, Ilses Mann, wohl ein ziemlicher A…
äh Blödmann. Hat ihn geschlagen, weil er manchmal
heimlich Mamas Pumps anzog und sich versuchte zu
schminken. Ich bin mir sicher, Ilse hat auch manchmal
was abbekommen, wenn das letzte Bier in der Kneipe zu
viel war."

Ich muss hier einwerfen, dass ich den Jungen gut
verstehen kann. Sie erzählte weiter:

„Ja, aber Ilse hat sehr drunter gelitten. Als ihr Alfons dann
vor Kurzem verstarb, dauerte es nicht lange, bis Michael
zurück nach Bocholt kam. Sie hat sich so gefreut, als er
sagte, er bleibe jetzt hier. Er hätte genug Geld verdient
und tritt jetzt nur noch zum Spaß auf. Und dann wird er
einfach so umgebracht. Jetzt ist die Ilse total am Ende."

Wir haben uns ihre Telefonnummer geben lassen. Ich
habe sie heute Vormittag kontaktiert und sie hat uns für
heute Nachmittag eingeladen. Ich bin mir sicher, es gibt
eine Verbindung zu unserer toten Christine Regner.

Frieda, Leonie und ich wollen zusammen nach Lowick
fahren, dort wohnt Ilse. Eigentlich möchte Leo uns mit
dem Trabi chauffieren, aber das lehnen wir ab, wer weiß,
ob wir jemals in einem Stück wieder aus der Rennpappe
meiner Enkelin rauskommen. Frieda fährt.

„Sag mal Frieda", frag ich, als wir in ihrem Opel Corsa
sitzen, wann lernen wir denn eigentlich deinen Werner
endlich mal kennen?"

„Ach, das ist doof, er musste am Sonntag zu einer Weiterbildung nach Münster fahren. Er kommt erst übermorgen zurück. Wir haben die Tage geskypt, ist schöner, als nur zu telefonieren."

„Du bist aber echt verknallt, Frieda", lässt sich meine Enkelin kichernd vernehmen. Woraufhin Frieda knallrot anläuft und selig anfängt zu grinsen. Aber egal, ich gönn ihr das späte Glück.

Als wir in Lowick ankommen, warten die anderen schon auf uns. Da wir jetzt vollzählig sind, klingeln wir an der Tür einer netten Doppelhaushälfte.

Eine kleine, pummelige Frau Mitte Achtzig öffnet die Tür. Sie trägt ein fliederfarbenes Twinset und eine Stoffhose mit Buntfalten. In Ihrer Oma-Dauerwelle trägt sie ein Haarband in der gleichen Farbe und sogar der Lippenstift ist auf ihre Kleidung abgestimmt. Allerdings ist die Farbe vom Weinen verwischt und das Augen-Make-up ist auch schon sehr in Mitleidenschaft gezogen. Sie bittet uns herein und umklammert ein zerknittertes Tempotaschentuch, mit dem sie sich beim Gang ins Wohnzimmer vorsichtig die Augen abtupft.

„Sett au hen, dann löt sich dat bäter proatn!", sagt sie als erstes. Wir sind natürlich einverstanden.

„Karola hat mir gesagt, dass ihr schon ein paar Morde aufgeklärt habt und jetzt den Leich…", hier stockt sie und muss sich schnäuzen, „Entschuldigt, den Leichnam meines Sohnes entdeckt habt". Glücklicherweise entsorgt

sie jetzt das Papiertaschentuch in einen kleinen Abfall-
eimer der am Couchtisch steht und schon halbvoll ist.
Vorsorglich nimmt sie sofort ein neues aus der Papp-
schachtel auf dem Tisch.

„Ja", beginnt Irmgard, „wir waren der Polizei schon
zweimal bei der Aufklärung von Morden behilflich. Ohne
uns wären die Taten wohl unaufgeklärt geblieben."

Naja, jetzt haut die Irmgard aber ordentlich auf die Ka....
none. „Auf jeden Fall hätte es deutlich länger gedauert,
Irmi", kann ich mir nicht verkneifen, ich weiß, wie sie es
hasst, wenn ich ihren Namen verniedliche. Erwartungs-
gemäß zieht sie ihre linke Augenbraue hoch und macht
„hmpf".

Gudula übernimmt, „Wie war der Michael denn so und
was hat er in den letzten Jahren gemacht?"

„Er war ein ganz ruhiges, liebes Kind. Aber mein Alfons
war ihm kein guter Vater. Wollte ihn zu einem harten
Mann erziehen. Das war er aber nicht! Michael wollte
gern Ballett tanzen, das hat er ihm mit einer Ohrfeige
verboten. Dabei schrie er, dass nur Weicheier in
Strumpfhosen tanzen. Sein Sohn tanzt nicht wie ein
Mädel. Ich hab ihn dann heimlich zum Unterricht
gelassen, glücklicherweise hat das Alfons nie
herausbekommen. Gesungen hat mein Michael auch
schon immer gern, und so schön. Hat im Schultheater
mitgespielt. Das durfte er gerade noch so. Ab und zu hat
er heimlich meine hohen Schuhe ausprobiert. Ich kann

euch sagen, als sein Vater das mitbekommen hat, da war was los. Ich musste mich ihm in den Weg stellen, damit Michael in sein Zimmer rennen und abschließen konnte, da war er schon 13 oder 14 Jahre alt. Die Quittung hab ich dann abbekommen", sagt sie und scheint sich dafür zu schämen.

„Ach Ilse, das war nicht einfach für dich, oder?", tröstet Marianne und tätschelt ihr die Hand.

„Dat was nee lichte vor mej. Mijn Alfons, dat was ne dämlichen Kerl! Entschuldigt, ich sprech besser wieder Hochdeutsch" Sagt Ilse, als sie meinen und Leonies fragende Blicke bemerkt.

„Aber Trennung kam damals nicht in Frage, ich dachte immer, da muss ich jetzt durch. Aber jetzt ist es, wie es ist. Als der Michael dann abgehauen ist, konnte ich das schon nachvollziehen. Aber wenn du nicht weißt, wo dein einziges Kind ist und wie es ihm geht, dann ist dass schlimm. Er hat sich später, so nach einem Monat bei meiner Freundin Karola gemeldet. Wir haben dann so Kontakt gehalten, er hat ab und an Briefe zu ihr geschickt und sie hat sie mir weitergeleitet. Später kamen Postkarten aus aller Welt zu ihr, er war auch mal ne Weile in Indien. Als er dann schließlich als Dragqueen bekannt wurde, kam Post aus Amsterdam, Paris und schließlich aus Las Vegas."

„Äh, Moment, aus Indien?", unterbricht Leonie, „wo genau?" Wir sitzen plötzlich stocksteif auf unsern Plätzen.

„Ach, er hatte da mal so eine Phase und war in so komischer Kleidung. So eine Art Selbstfindungstrip, sagt man wohl heute. Wie hieß das nochmal, Poona oder Pune? Irgend so ein Dings, wie heißt das, Escham?"

„Aschram" schallt es aus sechs Kehlen unisono.

„Jaaa", sagt sie gedehnt. „Ist das von Bedeutung?"

„Es kann sein. Wann war er denn da? Hast du Fotos davon?", schießt es aus mir heraus.

„Ihr stellt Fragen. Wann, kann ich nicht genau sagen. Aber er hat eine Fotokiste in seinem Zimmer, ich hole sie mal runter."

Sie steht auf und uns hat es jetzt die Sprache verschlagen. Gespannt wie die I-Dötzchen sitzen da und warten auf die Fotos. Kann das unsere Gemeinsamkeit sein?

Nach einer Weile kommt Ilse mit einem knallbunten Schuhkarton zurück. Sie stellt ihn, wie ein Heiligtum, mitten auf den Couchtisch. Dann öffnet sie das Kästchen vorsichtig und wir lehnen uns alle gleichzeitig in Richtung Box, um auch ja nichts zu verpassen.

Ilse nimmt Foto um Foto einzeln heraus und erklärt uns die Bilder. Manchmal steht auch eine Anmerkung hinten drauf, in einer schwungvollen, verschnörkelten Schreibschrift. Ganz oben sind die neuesten Bilder, sie schaut sie an und reicht sie an uns weiter. Glanzpunkte seiner Karriere, in einem Kostüm, ähnlich dieser bekannten Showgröße aus dem Fernsehen vor dem *Ceasars Palace* in Las Vegas. Dann eines in normalen Männerklamotten vor einer Gracht in Amsterdam und noch so einiges. Mal im Bühnenoutfit, geschminkt (toll geschminkt, muss ich neidlos zugeben) und manchmal als Normalo, wie er niemandem besonders ins Auge stechen würde. Langsam wird Michael auf den Fotos jünger, er sieht sympathisch aus. Hat manchmal blonde Haare, mal ist er dunkelhaarig, aber immer schlank und sportlich. Er ist wirklich viel in der Welt herumgekommen. Schließlich nimmt Ilse zwei Fotos heraus und legt sie auf den Tisch.

„Hier, das hat euch doch besonders interessiert."

Auf einem der Fotos ist der sehr junge Michael mit kurz geschnittenen, dunkelblonden Haaren und Schnauzer sehen. Er trägt eine orangene, weite Leinenhose und ein weit aufgeknöpftes Leinenhemd in gelb. Dazu trägt er Flipflops und lächelt mild mit vor der Brust aneinander gelegten Händen in die Kamera. Er sieht zufrieden aus und irgendwie mit sich im Reinen.

Ich schnappe es mir und drehe es um. Wie ich gedacht habe, dort steht *Poona – Oktober 1979*. Ich lese es laut vor und gebe das Foto schließlich weiter. Auf dem nächsten Bild sind vier Personen, die einander an den Händen haltend, einen staubigen Weg entlanggehen. Die Kamera zeigt sie von hinten. Alle tragen die inzwischen bekannten Kleidungsstücke in orange in verschiedenen Varianten. Michael ist der einzige, der sich umdreht und lächelnd in die Kamera blickt. Ein anderer strohblonder Mann ist zu erkennen, mit schulterlangem Haar und weiterhin zwei Frauen. Die eine ist rotblond, gelockt und eher klein und gedrungen, die andere hat brünettes, glattes Haar bis auf die Taille und ist sehr schlank. Und sie trägt ein orangenes, Midi-Leinenkleid.

Ich kann es nicht aus der Hand legen! Bis auf die Tatsache, dass sich dieses Mal Michael zur Kamera gedreht hat, ist es exakt das gleiche Bild wie das, welches wir in Christines Album gesehen haben.

Ich gebe es an Leonie weiter, die nur „Boah eh", sagt und es an Gudula weitergibt.

Ich zittere vor Aufregung!

Jetzt haben wir endlich unsere Gemeinsamkeit und ich bin schlagartig überzeugt, wenn wir wissen, wer die anderen beiden Personen sind, sind wir dem oder der Mörderin ganz dicht auf den Fersen.

Kapitel 16 - Donnerstag, 11. August 2022

Nee, war das gestern eine Aufregung. Wir haben noch ein wenig versucht, die Fronten zu klären, aber Ilse konnte uns bei den beiden Personen leider nicht weiterhelfen. Ich habe dann beide Fotos abfotografiert, da die Polizei ja sicher bald bei ihr auftauchen wird.

Und wie soll es anders sein, wir gehen zu unseren Autos, wollen losfahren und direkt vor uns hält ein Wagen mit einem Kommissar Wohlbeck, dessen Gesicht zur Faust geballt ist. Kommissarin Hülskamp sitzt daneben und unterdrückt mit einem Hustenanfall ein Grinsen, ich kann es ganz genau erkennen.

Der Polizist steigt aus und da ich natürlich nicht einfach wegfahren kann, harre ich im Auto der Dinge, die da kommen.

Ich drücke den Knopf und lasse das Fenster herunter. „Na, wen haben wir denn da, die Frau Schneider und ihre Entourage. Ich nehme an, sie sind ganz zufällig hier?"

„Ähm, wir wollten der Ilse unser Beileid ausdrücken", was Besseres fällt mir auf die Schnelle nicht ein.

„Jaja, ist schon klar. Ich konnte mir ja denken, dass sie wieder hier rumschnüffeln. Sie haben ja hoffentlich keine Beweise mitgehen lassen?"

„Aber Herr Kommissar natürlich nicht, was denken Sie denn von uns?"

Darauf ein „hhmmrrr", er dreht sich um und geht zur Eingangstür.

„Uff", kommt von Leonie, wir sind ganz klar im Zeitvorteil, den müssen wir nutzen. Wir beschließen, uns jeder Gedanken und Stichpunkte zu machen und uns am Donnerstag Nachmittag, also heute, auf einen Kaffee oder besser einen Krafttee bei Meduna Xana in der *Seelenpforte* zu treffen. Ich muss nur noch auf Leonie warten, dann fahren wir zusammen los.

Irgendwie war mir entfallen, dass ich noch das Fotoalbum von Christine Regner in meinem Schlafzimmer habe. Natürlich ist mir auch entfallen, das der Polizei zu sagen... Sowas aber auch.

Ich hatte heute Vormittag einem Termin bei meinem Zahnarzt, Dr. Skupin. Da bin ich immer total aufgeregt vorher, hab nämlich ziemliche Zahnarzt-Angst. Jetzt ist endlich die Narkose weg und ich kann wieder klar denken. Also beschließe ich, mir nochmal die Fotos von Indien genau anzuschauen.

Ich will sie sowieso zu Meduna-Sabine mitnehmen. Ich vergleiche sie mit den Handybildern von gestern und tatsächlich, es sind genau die gleichen Bilder, einmal mit Michael und einmal mit Christine, die sich lächelnd zur Kamera drehen. Wenn wir wüssten, wer die anderen beiden sind, hätten wir ja vielleicht die Tatperson. Bisher ist das der einzige Schnittpunkt zwischen beiden Mordfällen. Ich schaue mir auch noch einmal das Bild mit der ganzen Gruppe der Sannyasins und ihrem Guru an, aber da fällt mir niemand speziell auf. Aber meist sieht man nur das halbe Gesicht und auf so einem kleinen Bild... es sind eben viele blonde, junge Menschen darauf und alle haben ziemlich ähnliche Klamotten an. So komm ich nicht weiter.

Jetzt ist Leo zu Hause. Sie macht sich kurz frisch, dann fahren wir gleich zur *Seelenpforte*. Dieses Mal sind wir die Letzten, alle anderen sitzen schon mit einer dampfenden Tasse Tee um den Tisch. Meduna begrüßt uns mit einem herzlichen Drücker, Leonie nimmt sie noch einmal prüfend an beide Hände, hält sie auf Armeslänge entfernt fest und schaut sie mit schräg gelegtem Kopf und einem leicht abwesenden Blick an. Es sieht fast aus, als würde sie durch meine Enkelin hindurchschauen. Leonie ist heute nicht mehr ganz so verwirrt, sie wartet einfach ab.

„Liebes Mädchen, wie ich sehe, dir geht es wieder besser nach deinem grausigen Fund. Der Krafttee hat gewirkt, deine Aura ist fast wieder ganz hell. Das ist wunderbar, ich könnte dir auch noch ein paar unterstützende Meditationen anbieten oder meine spezielle Qigong-Klangmassage. Das würde die letzten Verunreinigungen vertreiben, was meinst du?"

„Ach Meduna, leider habe ich momentan dafür gar keine Zeit, vielleicht anderes Mal. Ein Krafttee reicht fürs erste, hat ja prima geklappt damit, vor allem, da ich ja die zweite Leiche auch gefunden habe."

„Oh ja, das tut mir so leid. Ich habe gar nicht bedacht, dass das auch wieder ein Schlag für dich war, soviel Mord und Gewalt. Was du alles verkraften musstest. Setzt euch erst einmal. Ich bin mit euren Tees gleich zurück. Ich habe auch Neuigkeiten für euch."

Als erstes lege ich das Album auf den Tisch mit der aufgeschlagenen Indien-Seite nach oben. Wie auf Kommando zücken alle Damen ihre Handys um die Bilder von gestern zu suchen.

Irmgard sieht sich noch einmal meine Fotos der Leiche von Michael/Madam La Bouche an. „Wisst ihr, was mich stört? Man sieht das falsche Blut, aber keine Verletzungen, der Mund steht offen und er guckt irgendwie gequält. Aber woran ist er nun gestorben. Ich verstehe es einfach nicht. Darüber habe ich die ganze Zeit nachgedacht."

Meduna kommt mit einem Tablett, auf dem drei Tassen Tee stehen, aus der Küche. „Ich habe bei dem Aura-Kurs, bei dem ich im Übrigen Kurs-Beste war, jemanden Interessantes kennengelernt. Das wollte ich euch schon die ganze Zeit erzählen."

„Oh, kriselt es bei dir und Susi?", fragt Frieda.

„Nein, nicht auf diese Art interessant. Mit Susi und mir ist alles im Reinen. Nein, für euch interessant."

„Inwiefern?", frage ich nach.

„Ich habe einen Gerichtsmediziner kennengelernt. Normalerweise ist diese Berufsgruppe ja nicht so spirituell interessiert, aber er hat wohl einiges erlebt, dass ihm diese Seite der Welt näher gebracht hat. Seine Aura war auch ziemlich unrein, kein Wunder, bei dieser Arbeit."

„Ja, und weiter?", Leonie ist heute ungeduldig.

„Also, Udo Terwegen, so heißt er, ist wahnsinnig unglücklich. Er rief mich heute Vormittag an und möchte gern einen Termin für eine Aura-Reinigung bei mir machen."

„Ich verstehe immer noch nicht. Wieso macht er das nicht selbst, wenn er auch an diesem Kurs teilgenommen hat", frage ich nach.

„Liebe Inge, man kann seine Aura nicht selbst reinigen, wohl helfen, mit meinen eigens zusammengestellten Tees, wie ihr ja wisst. Aber bei schwerwiegenden Verunreinigungen ist das nicht möglich. So ähnlich, wie bei körperlichen Verspannungen. Selbst ein Physiotherapeut kann sich ja nicht selbst behandeln, sondern muss die Beeinträchtigungen lösen lassen. So ist das auch mit der Aura bzw. der Seele. Bei Leonie hat mich sehr gewundert, dass ihre Aura schon wieder fast ganz hell ist, aber ihre Jugend macht da etwas aus, und sie scheint eine sehr starke Persönlichkeit zu besitzen."

„Da komm ich ganz nach meiner Omi", sagt meine liebe Enkelin und gibt mir einen dicken Schmatzer auf die Wange.

„Ja mag sein. Auf jeden Fall sagte der liebe Udo mir, er habe gerade wieder einen schlimmen Fall auf dem Tisch gehabt. Er bräuchte meine Hilfe, sonst schmeißt er seinen Job bald hin. Ich konnte ihn etwas aus der Reserve locken, Udo hat eure Toten auf dem Obduktionstisch gehabt. Er darf ja eigentlich nicht darüber sprechen, aber das konnte ich aus ihm herauskitzeln. Ich habe morgen am späten Nachmittag einen ersten Reinigungstermin mit ihm vereinbart.

„Und dabei quetscht du ihn richtig aus und erzählst uns dann alles", kommt von Gudula.

„Liebe Gudula, das lässt mein Berufsethos als Heilerin leider nicht zu". Meduna beginnt ganz gegen ihre Natur, nervös auf ihrem Stuhl herum zu hibbeln. Sie knetet ihre Hände und ihr Blick huscht von einer zur anderen.

„Nun ja, ich meine, ich darf nicht, ich will, ach man, so eine Kacke...", sie schlägt sich die Hand vor den Mund.

„Meduna, so kennen wir dich ja gar nicht", ich muss leider ein wenig grinsen. So ein Wort, aus dem Mund unserer tiefenentspannten Freundin.

„Es tut mir leid, ich sitze total zwischen den Stühlen. Ich weiß ja, dass ihr auf sein Wissen angewiesen seid. Ich sag mal soviel, der Termin ist im hinteren Raum um 18.00

Uhr. Um die Energiefelder frei fließen zu lassen und die schlechten Einflüsse zu entlassen, wird das Fenster zum Garten offen sein. Schluss – Aus, mehr kann ich nicht für euch tun".

„Ich glaube, ich muss mich nochmal mit Susi treffen, wir wollten noch über...ähh... dings... na... ihr wisst schon, sprechen. Ich frag sie mal, ob sie morgen Nachmittag Zeit für mich hat", improvisiert Leo.

„Ja, Leonie, du wolltest doch diese Internetsache mit ihr besprechen", komme ich meiner Enkelin zu Hilfe.

„Genau, das war es, ich hab da so einen Bug bei meinem, ähh, Spiel, auf dem Laptop."

„Einen Baak – was ist denn das schon wieder", fragt Marianne verwirrt.

„Nicht Baak, wird *Bag* gesprochen. Einen Fehler in meinem Spiel, der nervt extrem. Die Susi, die kennt sich ja total aus. Ich glaube, Morgen wäre perfekt. Ich frag sie schnell, ob es ihr morgen Nachmittag passt."

Meduna-Sabine schaut immer noch etwas gehetzt zu uns. Plötzlich beginnt sie, wie wild in ihrem Tee zu rühren und kippt gefühlt ein Kilo Holunderblütensirup hinein. Und das, obwohl sie ihren Tee normalerweise pur trinkt. Irmgard sitzt neben ihr und tätschelt ihr etwas unbeholfen die Hand. Gefühlsäußerungen sind ja nicht Irmgards Kernkompetenz.

Dann zieht sich Irmgard noch einmal das Fotoalbum heran und denkt laut nach. „Ich komme zu dem Schluss, das entweder der zweite blonde Mann oder die kleine, untersetzte Frau der oder die Mörder*in sein muss."

Pling macht das Telefon von Leo. „Supi, ich kann morgen gegen fünf zu Susi kommen.

Ich grinse zu Leonie und dann zu Frieda. Sie zwinkert mir zu, da sie diese Technik aber nicht richtig beherrscht, kneift meine Freundin immer beide Augen zu, das sieht witzig aus.

Wir nicken uns gegenseitig zu, nur Leonie kaut an ihrer Unterlippe und setzt dann hinzu, „einer von den beiden oder der Fotograf."

Mir klappt der Unterkiefer herunter, „Manometer, da hab ich ja noch gar nicht dran gedacht".

„Ist mir auch gerade erst eingefallen", setzt Leo hinzu.

Alle anderen nicken zustimmend.

„Also haben wir drei Verdächtige, von denen wir nicht das Gesicht kennen. Einen Mann, eine Frau und eine andere Person von der wir noch nicht mal das Geschlecht kennen", fasst Irmgard zusammen.

„Wir könnten ja Ilse und Karolin Ammer fragen, ob sie zufällig den Fotografen kennen. Vielleicht war er ja mit den Vieren befreundet?, meint Frieda. Dabei guckt sie immer wieder auf ihr Handy. Ich war die ganze Zeit so in

Gedanken, dass mir erst jetzt auffällt, dass sie mittlerweile alle zehn Minuten draufschaut, drüber wischt und es wieder weglegt.

„Was ist los, Frieda?", frag ich deshalb.

„Ach, eigentlich hätte Werner schon gestern Abend von seiner Fortbildung aus Münster wieder zurück sein sollen. Er wollte mich dann gleich anrufen, aber hat sich immer noch nicht gemeldet."

„Vielleicht ist ihm was dazwischengekommen", sagt Marianne vorsichtig.

„Dazwischengekommen, was kann da schon dazwischen-kommen? Man hat doch wohl eine Minute um zu schreiben, das man wieder da ist."

„Ja eigentlich schon, vielleicht…", Irmgard bricht ab und muss plötzlich nicht vorhandene Fussel von ihrer völlig fusselfreien Seidenbluse wischen.

„Es sei denn, er hat ne Andere kennengelernt, meinst du wohl", meine Freundin ist bei jedem Wort lauter geworden. „Wahrscheinlich zehn Jahre jünger als er, bzw. zwanzig Jahre jünger als ich. Die sich nicht die Haare färben muss, um mithalten zu können. Die braucht dann wahrscheinlich noch nicht mal diese blöde Schäping-Unterwäsche damit nichts an ihr rumschwabbelt…", jetzt bricht Frieda in ein unkontrolliertes Schluchzen aus.

„Ach komm, Friedalein, bei dir schwabbelt doch gar nichts, du kannst auch mit einer jüngeren locker konkurrieren, mal doch den Teufel nicht an die Wand. Vielleicht hat er sein Handy verloren. Oder er musste länger bleiben. Oder… äh… keine Ahnung, es ist bestimmt völlig harmlos. Steiger dich da nicht so rein", sag ich. Dann steh ich auf, und bin ruckzuck um den Tisch herum, um meine Frieda zu trösten.

Sie beruhigt sich ein wenig, als ich sie fest an mich drücke. Mein neues Shirt hat danach einen dicken schwarzen Mascara- und einen kleinen Schnodderfleck. Aber was macht das schon, es gibt Wichtigeres.

Wir bleiben noch ein Weilchen. Ich erkläre mich bereit, morgen bei Karolin, der Schwester von Christine Regner anzurufen. Irmgard will nochmal mit Ilse telefonieren. Leonie trifft sich erst mit Susi und danach versucht sie die Aura-Reinigung auf ihrem Handy aufzuzeichnen.

Vielleicht sind wir Morgen ein ganzes Stück näher an der Lösung des Falles.

Kapitel 17 - Freitag, 12. August 2022

Als erstes nach Morgentoilette, Frühstück und Gassigang ist dann der Anruf bei Karolin Ammer an der Reihe.

Sie geht auch gleich an den Apparat und ich berichte ihr, was sich in letzter Zeit bei uns noch so ereignet hat.

„Das gibt es doch gar nicht, das sind ja schon zwei Morde. Wie kann ich euch denn weiterhelfen?"

„Ja, das ist so. Wir haben festgestellt, dass jedes der Mordopfer das gleiche Foto von dieser Sekte in Puna bei sich hatte. Aber leider kann man immer nur das Gesicht des Fotobesitzers bzw. des Opfers sehen."

„Ich glaube, ich weiß welches Foto du meinst. Warte mal, schick mir doch die Bilder nochmal per Whatsapp."

Ich fotografiere schnell die wichtigen Seiten im Album ab und sende sie ihr zu.

„Hallo Inge, hab sie gekriegt. Und das Bild von diesem anderen Opfer war das gleiche?"

„Ja, haargenau. Nur das er sich zur Kamera dreht. Hast du irgendeine Ahnung, wer die anderen beiden auf dem Foto sind? Oder wer das Bild geknipst haben könnte? Wir glauben, dass einer von den dreien der Mörder ist bzw. die anderen noch auf der Abschussliste des Mörders stehen."

„Aber was soll denn bitte das Motiv sein?"

„Das wissen wir auch noch nicht so genau. Aber es muss einfach zusammenhängen. Es wäre ein zu großer Zufall, wenn zwei Menschen umgebracht werden, die das gleiche Foto mit sich rumschleppen und scheinbar dort befreundet waren."

„Hmmm, da könntet ihr recht haben. Warte mal, ich muss nochmal genau drüber nachdenken. Die Christine hatte damals ihre rebellische Phase. Die hat uns nicht viel erzählt, ist in einer Nacht- und Nebelaktion mit einem Rucksack und dem Geld vom Sparbuch nach Indien abgehauen. Sie hat uns auch nur ein paarmal angerufen, um zu sagen, dass sie noch lebt und es ihr gutgeht. Wenn ich mich richtig erinnere, erzählte sie, dass sie ein paar Seelenverwandte im Flieger kennengelernt hätte."

„Sie ist als 18-jährige ganz alleine abgehauen? Donnerwetter!"

„Nein, warte mal. Wenn ich so drüber nachdenke. Da ist zur gleichen Zeit noch ein Mädel weg gewesen. Aber aus dem Nachbardorf, die kannten wir gar nicht. Da müsste ich mal meine Fühler ausstrecken."

„Denkst du, du bekommst da was raus?"

„Ja, mag sein. Ich melde mich, sobald ich was erfahren habe."

„Okay, ich danke dir, Karolin."

Nachdem wir das Gespräch beendet haben, schreib ich alles in die Whatsapp-Gruppe. Von Irmgard kommt fast zeitgleich die Info, dass von Ilse keine Neuigkeiten zu bekommen waren. Ihr Sohn hat damals nur eine Ansichtskarte mit der Nachricht, dass es ihm gut gehe, geschickt. Dann müssen wir wohl erstmal warten, was bei der Aura-Reinigung und Leo rauskommt.

Frieda schreibt noch, dass sie immer noch nichts von Werner gehört hat und erstmal in seine Wohnung fährt. Sie will nach dem Rechten schauen und die Blumen gießen.

Ich bin total hibbelig, was könnte ich denn noch machen. Einfach nur warten geht nicht! Also schau ich mir nochmal genau die Fotos an. Ich bleibe an dem durchgestrichenen Bhagwan-Namen hängen. Den muss man doch lesbar machen können. Da kommt mir eine Idee. In den Detektivfilmen nimmt man doch immer einen Bleistift und schraffiert vorsichtig auf der nächsten Seite die Stelle um durchgedrückte Schrift sichtbar zu machen. Genau das probiere ich.

Bei den dicken Albumseiten ist das gar nicht so einfach, aber tatsächlich drücken sich ganz leicht Buchstaben durch. Ich hole mir meine Lupe dazu und versuche zu lesen. Und wirklich steht da, *Ma Anand* Nirov oder *Nirav*, so ähnlich... sagt mir nichts. Ich schreib es in die Gruppe, vielleicht kann ja unsere allwissende Ex-Lehrerin Irmgard was damit anfangen.

Aber natürlich sind gerade alle auf Achse und niemand antwortet mir, furchtbar. Ich versuch's mal mit der Suchmaschine, das gibt's doch nicht. Selbst Google findet kein deutschsprachiges Ergebnis, das ist doch wirklich zum Mäusemelken!

Dann mach ich halt meine Wohnung sauber und gehe mit den Tieren Gassi. So schleppe ich mich durch den Tag. Bis endlich Leonie von der Arbeit in der Schreinerei nach Hause kommt. Sie macht sich frisch, schnappt sich den Laptop und fährt mit ihrem Trabbi zu Susi. Ich glaube, ich frage dreimal, ob sie auch das Handy eingepackt hat, was natürlich Blödsinn ist, das Smartphone ist ja an ihr festgewachsen.

Endlich macht mein Handy auch ein Geräusch – ein Uhu uhut zweimal. Eine Nachricht von Irmgard.

„Ich habe meine Bhagwan-Unterlagen rausgekramt, der Name bedeutet…"

Es klingelt an der Haustür, ich renne hin und öffne einer völlig aufgelösten Frieda. Sie steht in der Tür, ihre Schminke ist schon wieder verlaufen. In der Hand hält sie ein Foto.

Kapitel 18 – immer noch Freitag, 12. August

Zur gleichen Zeit in Meduna-Sabines Garten. Mit offenem Fenster zum Behandlungsraum der „Seelenpforte".

Leonie hat es sich genau unter dem Fenster bequem gemacht, in der Hand das auf „Sprachaufnahme" gestellte Smartphone.

Sie hört, wie sich die Tür zum Behandlungsraum öffnet, dann ist ganz deutlich Medunas ruhige Therapeutenstimme vernehmbar. „Du kannst dich voll und ganz darauf verlassen, dass ich nichts über unsere Therapie an andere Menschen weitersage." Leonie bemerkt ein Kieksen in Medunas Stimme, sie muss sich kurz räuspern und fährt fort. „Ich werde alles mir Mögliche tun, um deine Aura zu reinigen. Du wirst sehen, nach ein paar Sitzungen bist du frisch und rein, wie die Seele eines Baby."

„Naja", jetzt kommt eine männliche Stimme dazu, „es ist schon okay, wenn das andauernde negative Gefühl weggeht. Mittlerweile komme ich mir vor, wie in diesen Trickfilmen, wo eine graue Regenwolke über einem schwebt. Du gehst weg, aber die Wolke geht mit dir mit und regnet dich die ganze Zeit voll. Während über allen anderen die Sonne scheint. Es ist einfach nur noch zum Kotzen... Entschuldige meine Ausdrucksweise Sabine, äh, Meduna."

„Alles gut, Udo. Du kannst ruhig Sabine sagen, wir sind ja unter uns. Bitte mach dich jetzt frei und lege dich ganz entspannt auf die Liege. Ich habe schon mehrere Rosenquarze aufgewärmt, du weißt ja, die sind gut gegen Depressionen und stärken deine Selbstakzeptanz. Ich lege die Steine auf deine Chakrenpunkte. Aber vorher reibe ich dich noch mit einem selbstgemachten Zitronen-Rosmarin-Öl ein. Es ist stimmungsaufhellend und belebend und verstärkt damit die Wirkung des Rosenquarzes."

Die Stimme des Mannes wird jetzt ein wenig zittrig, „Okay, das klingt gut. Das mit den Ölen hatten wir aber nicht im Kurs, oder hab ich das schon wieder vergessen?" Leo hört das Rascheln von Stoff, gefolgt von einem Geräusch, mit dem Klamotten über einen Stuhl geworfen werden. Er hüstelt ständig, was ihn sehr gestresst und nervös klingen lässt.

„Diese Heilöle habe ich auf Grund meiner langjährigen Erfahrung in die Behandlung aufgenommen. Die ätherischen Öle wirken zum einen auf deine Chakren, aber sie machen auch deinen Geist offen für die Aufnahme meiner Stimme."

Leonie bemerkt, dass Meduna-Sabine etwas lauter und deutlicher spricht, als normalerweise. Eine Liege quietscht und ein dumpfes „Hmm" gepaart mit einem sanften Plätschern von Öl auf Haut ertönt. Leo riecht das angenehme Kräuteröl bis durch das geöffnete Fenster. Ein Deckel wird von einem Gefäß genommen. Wahrscheinlich legt die Esoterikerin jetzt die Quarze auf den

Männerkörper. Dabei hört Leonie jetzt ein sanftes, melodisches Summen, klingt irgendwie indisch – auf jeden Fall beruhigend.

„So, lieber Udo. Dein Körper beginnt sich jetzt zu entspannen, dein Geist möchte auf die gleiche Ebene kommen. Erzähle mir, was dich beunruhigt, was deine Aura so dunkel werden lässt. Gib alles ab, es wird in den Quarzen bleiben und dich befreien."

„Ja, also, folgendes: Ich hatte ja jetzt zwei Leichen auf dem Tisch, die erste Frau wurde einfach unspektakulär gewürgt, dabei gab es wohl ein Gerangel, sie, also die Frau, das Opfer, fiel nach hinten. Kopf auf Stein – knack – Stein härter als Kopf – tot. Das ist ja in meinem Job noch relativ normal. Nicht schön, aber mit sowas hab ich es andauernd zu tun."

Meduna hat bei diesem Bericht vorübergehend mit dem Summen aufgehört, „Oh Udo, das ist so ein grausamer Beruf, ich habe wahnsinniges Mitleid mit dir, dass muss dir ja auf die Aura schlagen", sie beginnt wieder von neuem mit dem Gesummse, dabei ist deutlich zu hören, wie Hände über einen öligen Körper streicheln. Udo grunzt entspannt auf. Dann berichtet er weiter.

„Aber der letzte Mord war wirklich so ein grenzüberschreitender Fall. Bei der äußerlichen Inaugenscheinnahme waren keine tödlichen Verletzungen sichtbar. Ich erspare dir und mir die ganzen Fachbegriffe. Das Opfer war ein Mann um die 60. Er wurde wahrscheinlich mit Chloroform örtlich betäubt, Gammahydroxybuttersäure bzw. umgangssprachlich KO-Tropfen habe ich im Blut nicht nachweisen können. Aus der Spurenlage konnte ich schließen, dass er an Händen und Füssen auf eine ähnliche Liege wie hier oder einen Tisch geschnallt wurde. Das konnte man an den Fesselungsmarken erkennen, wahrscheinlich stinknormale Kabelbinder aus dem Baumarkt", seine Stimme beginnt jetzt wieder zu zittern. Danach, und das ist das wirklich perfide, wurde ihm ein starkes Muskelrelaxan gespritzt und ihm ein Beatmungstubus eingesetzt."

„Das verstehe ich jetzt nicht", Medunas Stimme, „Wieso wurde er beatmet bei einem Muskelentspannungsmittel?"

„Also, wenn die Muskeln sich total entspannen, setzt nach einer Weile auch die Atmung aus. Nach meiner Meinung wollte der Mörder nicht einfach töten. Dann hätte er es gleich erledigen können. Er, oder sie, wollte sein Opfer noch eine Weile am Leben halten. Als die Chloroform-Betäubung nachließ und er aufwachte, konnte er sich nicht bewegen und wurde vom Mörder oder einem Helfer beatmet. Vielleicht wollte ihn die Tatperson einfach nur quälen oder aber, er wollte seinem Opfer etwas sagen, ihm mitteilen, warum er gleich sterben wird. Das Relaxan wirkt dabei so stark, dass sich das Opfer nicht bewegen kann, aber alles sieht und hört. Ich schätze, als der Mörder alles erledigt hatte, zog er einfach den Tubus mit Schlauch *aus der Luftröhre. Das Opfer ist dann erstickt, bei vollem Bewusstsein…"*

Es ist mucksmäuschenstill im Behandlungszimmer geworden. Meduna räuspert sich, „Ach Udo, so etwas kann man auf die Dauer doch nicht verkraften. Solche menschlichen Abgründe!"

„Und zur Krönung wurde das Opfer dann in diesem Laden als Braut ausstaffiert. Warum auch immer. Aber jetzt, wo ich es mir endlich einmal von der Seele reden konnte, geht es mir schon ein wenig besser. Es macht einen Unterschied, ob ich es den zuständigen Kollegen berichte, oder dir hier. Das war sehr wohltuend."

Leonie hört Kleiderrascheln, der Gerichtsmediziner scheint sich wieder anzuziehen, dann verabschieden sich die beiden voneinander. Wieder ein Rascheln – sie scheinen sich zu umarmen.

„Udo, ich freue mich, dass dir meine erste Behandlung schon geholfen hat. Deine Aura ist nicht mehr ganz so dunkel, lass uns zu meinem Kalender an der Theke gehen, dann machen wir dort einen nächsten Therapietermin aus."

„Genau, das machen wir."

***

Endlich kommt meine Enkelin nach Hause. Sie spielt mir die Tonaufnahme vor und schickt sie auch gleich in die Whatsapp-Gruppe.

Jetzt wissen wir, woran der arme Michael gestorben ist.

„Ich werd gar nich wieder, wie fies is das denn. Jemanden nen Ast über'n Deetz ze haun, is eene Sach", vor Aufregung spreche ich gleich wieder Dialekt, „aber sich so etwas auszudenken, ist ja... Ich finde gar keine Worte."

„Da hast du vollkommen recht, Omi. War bei dir noch was los?"

„Ja, ich hab teilweise rausbekommen, wie die Christine mit ihrem Sekten-Namen hieß. Hab den alten Trick mit dem Bleistift angewendet. Da steht, und Irmgard hat es schon übersetzt: Ma Anand Nirav oder so ähnlich - genau kann man es leider nicht lesen. Das bedeutet: Mutter der Seligen... – was auch immer.

Dann hat es sich überschlagen, Frieda stand vor der Tür und war total am heulen. Sie erzählte mir, dass sie bei Werner in der Wohnung ein Foto gefunden hat. Rate mal, was da drauf war?

„Er mit einer jungen, knackigen Blondine?", tippt Leo ins Blaue hinein.

„Nee, ganz daneben. Er, als knackiger Jüngling mit lockigem, mittelblondem Haar bis zu den Schultern. Im orangenen Outfit steht er vor der Münsteraner Überwasserkirche und verteilt irgendwelche Flugblätter.

„Ups, kann so ein Zufall ein Zufall sein?"

„Ich hab Frieda erst einmal getröstet und ihr gesagt, dass damals diese Bewegung ja ganz viele hier im Westen angezogen hat. Kann also durchaus ein Zufall sein. Aber ehrlich gesagt – mir kommt das auch sehr verdächtig vor. Vom Alter würde er durchaus zu Christine und Michael passen. Ich glaube, wir müssen uns morgen alle treffen und uns die nächsten Schritte überlegen."

„Jo, genauso machen wir es."

Kapitel 19 - Samstag, 13. August 2022

Wir treffen uns heute bei Frieda zu Hause. Ich bin mit Leonie schon rüber gegangen, dabei trafen wir Wolfgang und haben noch ein bisschen gequatscht. Er sagt, dass er sich hier sehr wohl fühle und schon ein wenig über die Trennung hinweg sei. Allerdings noch sehr am Tod seiner Mutter zu knabbern habe.

Ich hab ihn noch drauf angesprochen, dass er aber noch nicht wirklich gut aussieht. Sollte man vielleicht nicht so platt sagen, aber ihr kennt mich ja, manchmal ist der Mund eben schneller als die *Denkerei*.

Leonie hat mir auch gleich den Ellenbogen in die Seite gehauen. Er meinte aber nur, das sei halt der Stress momentan. Naja, kann ich gut verstehen.

Als wir so mit Frieda am Küchentisch auf die Anderen warten, wissen wir immer noch nicht, wie dieser komische Volksmusik-Schauspieler heißt, dem der Wolfgang so ähnlich sieht. Aber Schwamm drüber, die Mädels klingeln an der Tür.

Konspiratives Treffen bei Kaffee und Käse-Sahnetorte.

Irmgard legt auch sofort los. „Natürlich, liebe Frieda, kann es reiner Zufall sein, dass dein Werner auch ein Bhagwan-Jünger war. Aber ehrlich gesagt…"

„Und jetzt ist er plötzlich verschwunden, das ist schon sehr verdächtig. Hast du ihm von unseren Nachforschungen erzählt?", fällt ihr Gudula ins Wort.

„Naja, plötzlich ist er nicht verschwunden. Er hat mir ja gesagt, dass er zu einer Weiterbildung nach Münster muss. Er kommt halt nur nicht wieder", Frieda zückt wieder ihr Taschentuch. Das hat auch schon bessere Zeiten gesehen.

„Okay, Frieda", kommt von Leonie, „hast du ihm von unseren Ermittlungen berichtet?"

„Kann sein, dass ich sowas in der Art mal erwähnt habe. Da bin ich mir jetzt nicht so sicher, ist dass denn von Bedeutung?"

„Also Frieda, du bist doch sonst nicht so schwer von Begriff. Wenn dein Werner unser Mörder ist, dann ist das schon von einiger Bedeutung", schießt Irmgard, feinfühlig wie ein Leopard-Panzer, hervor.

„Mein Werner ist ein sensibler, einfühlsamer Mann. Nie im Leben könnte der jemandem was antun."

„Das haben die Freunde von *Jack-the-Ripper* garantiert auch gesagt", noch ein Schuss von Irmgard.

„Jetzt lass doch mal die arme Frieda in Ruhe!", verteidigt jetzt Marianne. Normalerweise schluckt sie immer jede Kritik gegen Irmgard, herunter. „Die ist doch jetzt schon fertig mit den Nerven". Marianne ist schweinchenrosa vor Aufregung geworden.

„Genau Marianne", mische ich mich ein, ehe es bei uns Mord- und Totschlag gibt. „Jetzt bleibt mal alle auf dem Teppich und lasst uns ruhig nachdenken."

„Also fassen wir mal ganz logisch zusammen", stellt Leonie die Ruhe wieder her. „Wir haben ein wiederkehrendes Foto mit vier Leuten. Davon sind uns zwei bekannt und leider tot, Christine und Michael. Die zweite Frau kennen wir nicht und der Mann könnte eventuell, nur eventuell, dein Werner sein, Frieda. Vom Aussehen auf dem Foto aus Münster, sieht er dem Vierer-Foto aus Indien schon sehr ähnlich. Einer von den beiden oder der Fotograf könnte, aus uns nicht bekannten Gründen, die Freunde von damals abmurksen. Ist irgendwie ein bisschen mickrig, oder? Von dem/der Fotograf*in wissen wir noch gar nichts. Wie ich das sehe, müssen wir, um Klarheit in den Fall zu bekommen, die Wohnung von Werner durchsuchen. Vielleicht finden wir ja noch weitere Pics von ihm als Sannyas-dings, wie auch immer die sich genannt haben."

„Sannyasin!", Irmgard unser wandelndes Lexikon.

„Jaja, genau. Also wie sieht es aus. Frieda, du hast die Schlüssel, es ist ja schließlich auch nur zu seinem Besten, vielleicht ist ihm ja was passiert und wir können ihm so helfen."

Gudula meldet sich, „wenn wir nur wüssten, wer die zweite Frau ist, vielleicht würde uns das auch einen

Schritt weiterbringen. Aber ja, Leo, ich bin auch dafür, dass wir in Werners Wohnung nach Spuren suchen".

Alle stimmen zu, nur Frieda sieht man an, dass ihr bei dem Gedanken nicht ganz wohl ist. Aber auch sie sieht ein, dass es die einzige Möglichkeit ist, weiterzukommen. Dabei könnten wir vielleicht auch klären, wo ihr Freund steckt. Und da wir gerade alle zusammen sind, nehmen wir die Sache sofort in Angriff.

Kapitel 20 – immer noch Samstag, 13. August

Wir teilen uns also auf Friedas und Irmgards Wagen auf und fahren zu Werners Haus in der Nähe der Vardingholter Kirche.

Es dauert ein wenig, bis Frieda den Haustürschlüssel ins Schloss gepfriemelt hat. Als sie schließlich die Tür vorsichtig öffnet, ruft sie vorsichtshalber noch einmal, „Werner, ich bin's."

Natürlich kommt keine Antwort. Es riecht ein bisschen muffig, Irmgard reißt auch sofort in Flur und Küche, die Fenster auf.

„So", nimmt Leonie das Zepter in die Hand. Ich würde vorschlagen, wir teilen uns auf. Erst das Untergeschoss, also Irmgard und Marianne die Küche, Oma und ich das Wohnzimmer, Frieda und Gudula können schon einmal nach oben ins Schlafzimmer gehen. Im Hauswirtschaftsraum und Gäste-Klo wird wohl nichts zu finden sein."

Irmgard macht überrascht den Mund auf, gleichzeitig ziehen sich beide Augenbrauen synchron bis zum Haaransatz. Sie will eigentlich protestieren, aber Leonie hat mit solch einer Autorität gesprochen, dass sie ihren Mund wieder schließt, die Lippen werden nahezu unsichtbar und es kommt nur ein „Hmpf". Dann sagt sie, „Komm Marianne" und rauscht mit ihr in die Küche.

Frieda und Gudula gehen ohne Widerspruch nach oben ins Schlafzimmer. Meine Enkelin und ich gehen ins Wohnzimmer. Für einen alleinlebenden Mann ist es behaglich eingerichtet. Eine nachtblaue Couchlandschaft mit hellem Tischchen, sowie ein großer Wohnzimmertisch mit zum Sofa passenden Velourlederstühlen. Der Wohnzimmerschrank ist ebenfalls perfekt zugehörig. Es sieht aus, wie aus dem Möbel-katalog. Ein wahnsinnig großer Flachbildschirm hängt an der Wand, also ins Kino muss Werner nicht gehen. Naja, jeder wie er es mag. Ein paar Bilder, wahrscheinlich Urlaubserinnerungen, bereichern die weißen Wände und in der Glasvitrine sind auch einige Mitbringsel zwischen Gläsern und Vasen verteilt. Ein bisschen Nippes auf den Fensterbrettern und auf einem Regalbord geben dem Wohnzimmer noch eine persönliche Note.

Ich stutze kurz, da hängt etwas an einer verschnörkelten Vasenflasche. Keine Ahnung, was das für ein Ding ist, sieht fast aus, wie Aladins Wunderlampe. Es scheint eine Perlenkette zu sein.

„Leo, komm mal schnell her, ich glaub ich hab ein Indiz entdeckt." Leonie hat schon angefangen im ersten Teil der Schrankwand zu kramen, hört aber sofort auf und kommt zu mir.

„Ej, das sieht ja fast aus…", sie greift vorsichtig nach dem Objekt und nimmt es von der Vase. Es ist wirklich eine Mala-Kette aus braunen Holzperlen mit dem Gesicht des weisen, alten Opis, Bhagwan. Mit seinem gütigen, verschmitzten Lächeln schaut er uns von der Kette entgegen.

„Sieht fast aus als würde es sagen wollen: prima, ersten Hinweis gefunden", flüstere ich.

„Ja, Omi, wir sind auf der richtigen Spur. Es wäre wirklich ein geiler Zufall, wenn Werner nicht ganz tief in der Geschichte drinhängen würde. Ich glaub nicht, dass so wahnsinnig viele Rhedenser auf diesen Sektenheini gestanden hätten. Komm, lass uns weitergraben. Ich glaub, wir sind ganz dicht dran. Fragt sich nur, ob Friedas Schatzi Opfer oder Mörder ist."

„Ich will ja nicht orakeln - aber vielleicht doch lieber Opfer als Mörder... Frieda zuliebe."

Wir nehmen uns zu zweit die Schrankwand vor. Aus der Küche hören wir gelegentliches Rumpeln und Scheppern und ab und zu einen gebellten Befehl von Irmgard. Aus dem Schlafzimmer oben nur gelegentliches, dumpfes Türenschlagen oder das Aufziehen und Schließen von Schubladen.

Ich durchsuche als erstes die Krimskrams-Fächer. Aber außer massenweise verschiedener Kabel, Batterien (was haben die im Wohnzimmer verloren), Feuerzeuge und ähnliche Dinge - finde ich nichts interessantes. Nächste Tür: ein wenig Weihnachtsdeko, die würde bei mir als Erzgebirgerin nicht in ein Schrankfach passen. Naja, Männer sind da eben anders. Eine Schublade mit Mal- und Zeichensachen, anscheinend geht er dem Hobby der

Kalligrafie nach. Ich finde diverse Stifte und Schreibfedern sowie dickes Büttenpapier.

Plötzlich kommt von Leonie ein „Jou, Omi, komm schnell!"

Bei ihr sieht es schon besser aus, sie hat nämlich die Fotoalben gefunden. Sie sind schön säuberlich geordnet bis ins Jahr 2020 und tatsächlich ist da auch eins mit den Jahreszahlen 1978 – 1980. „Ruf deine Mädels, Omi. Ich glaube, jetzt wird's spannend", sagt Leo.

Gesagt, getan! Eine Minute später stehen die Vier mit uns vor dem geöffneten Fotoalbum. Wir blättern bis zum Jahr 1979. Tatsächlich strahlt uns ein ca. 18jähriger Werner in orangefarbenen Leinenhosen und orangenem Leinenhemd entgegen. Er hat honigblondes, lockiges Haar, das ihm bis zu den Schultern reicht und einen nicht voll ausgereiften Bart. Er sieht auf eine naiv-nette Weise glücklich und zufrieden aus. Und er steht nicht in Münster sondern wie die Überschrift der nächsten Fotos aussagt:

„Endlich in Poona, Maharashtra – Leben lernen vom Meister"

„Siste, itze hammor den Beweis", ich find es so lustig, dass selbst Leonie in Stresssituationen in unseren Heimatdialekt verfällt. Die nächsten Fotos zeigen ein Vierbettzimmer mit zwei Matratzen und einem Stockbett, aus dem uns ein weiterer blonder Mann entgegengrinst – eindeutig unser inzwischen verblichener Michael.

„Ha", kommt es von Irmgard. Zur Bekräftigung tippt sie mit dem Zeigefinger auf das Foto. Frieda guckt so schuldbewusst drein, als hätte sie persönlich die zwei Leichen auf dem Gewissen.

Wir blättern um und von der nächsten Seite strahlt uns das bekannte Foto unserer vier Freunde entgegen, dieses Mal mit Werners glücklichem Gesicht.

„Also fassen wir anhand des Fotos zusammen: Wir haben vier Personen, drei kennen wir:

Werner, mittelblond, lockig, groß, eher kräftig.

Michael, hellblond, glattes Haar, groß, schlank.

Christine, brünettes, langes Haar, groß, schlank.

Und unsere Unbekannte, rötlich-blond gelocktes Haar, etwas kleiner und untersetzt."

An irgendjemanden erinnert mich die quadratische Frau, aber ich komm' ums Verr... nicht drauf.

Eine nachdenkliche Stille tritt ein, die von Frieda schließlich unterbrochen wird, „Ich glaube nicht, dass mein Werner zu zwei Morden fähig wäre. Ich glaube, er ist das nächste Opfer. Vielleicht liegt er schon kalt und tot irgendwo im Gebüsch...",

Frieda bekommt wieder einen ihrer Schluchtz-Schniefanfälle, was natürlich völlig verständlich ist. Ich darf mir gar nicht vorstellen, wie mir zumute wäre, wenn mein Freund, in den ich frisch verliebt bin, eventuell Opfer eines Verbrechens geworden wäre.

Ich nehme sie erst einmal in die Arme. Die anderen fangen auch an, an ihr rumzutätscheln und versuchen sie zu beruhigen. Nach einem finalen Aufstöhnen, hat sie sich schließlich wieder gefangen und meint etwas hysterisch,

„Ich sag's euch, diese unbekannte Frau, die ist die Täterin, die sieht doch schon von hinten wie eine Mörderin aus. Die will sich an den Freunden von früher rächen! Wer weiß, was die alles auf dem Kerbholz hat. Guckt die euch doch mal an, ganz verschlagen sieht die aus."

„Also Frieda, jetzt geht deine Fantasie aber mit dir durch. Wie kann sie denn von hinten verschlagen aussehen?", interveniert Gudula vorsichtig.

„Lasst uns doch erstmal weiter schauen, vielleicht finden wir ja noch was in den Fotos", versucht Marianne zu schlichten."

Wir blättern weiter zu indischen Landschaftsbildern, mit auf dem Boden sitzenden, orangenen Menschen. Bhagwan, wie er mit seiner extravaganten weiß-grünen Stretch Limousine von Rolls-Royce durch die Straßen fährt und von seinen Anhängern bejubelt wird.

Auf einem der nächsten Bilder, leider total verwackelt, ist ein Paar zu sehen. Werner, wie er eine Frau umarmt, darunter steht mit einem Herz versehen: *Ma anand Nirav.*

„Alles klar", kommt es von Gudula. Werner hatte was mit Christine. Man erkennt sie zwar nicht genau, aber sie könnte es sein. Und das würde mit dem Namensfragment, das ihr gefunden habt, zusammenpassen, oder?" Sie schaut fragend zu Irmgard.

„Ja, es würde schon passen. Aber man muss bedenken, Bhagwan hat es sich mit den Namen ziemlich einfach gemacht. Er hatte sozusagen einen Namensetzkasten. Er verwendete Sanskrit und Hindi. *Ma* die Mutter, hat er ganz oft für Frauen genutzt, *Swami* der Lehrer, für Männer. Anand für selig oder Entzücken – war auch ziemlich oft. Aber möglich ist es schon. Doof ist halt, dass das Bild so verwackelt ist, aber eine Ähnlichkeit ist da.

„Aber dann werden die doch nicht deshalb über vierzig Jahre später umgebracht?", merkt Leonie an. Wenn es Eifersucht gewesen wäre, hätte der oder die sie sofort abgemurkst.

Stimmt natürlich auch wieder. An meiner Enkelin ist wirklich eine Kriminalerin verloren gegangen.

Wir blättern weiter in den Fotos, von Poona kommen nur noch ein paar Bilder, dann bricht diese Lebensphase ohne jede Erklärung ab. Die nächsten Bilder zeigen Werner erst ein Jahr später wieder, und zwar in Norddeutschland. Er ist ganz normal gekleidet und scheint sich in der Gegend um Hamburg niedergelassen zu haben. Aber an den Fotos und den gelegentlichen Untertiteln kann man nicht ablesen warum und weshalb.

Komisch, ich frage Frieda, ob sie mit ihm über seine Wohnorte gesprochen hat.

„Ja, natürlich. Er arbeitet ja jetzt hier in der Verwaltung eines großen Konzerns in der Münsteraner Außenstelle. Ich glaube, er hat mal erwähnt, dass er vorher viele Jahre in Hamburg in der Firmenzentrale beschäftigt war. Als er sich von seiner damaligen Frau trennte, ist er wieder nach Rhede gezogen. Oft macht er Homeoffice und sonst pendelt er nach Münster.

Okay, das ist jetzt auch nicht wirklich eine Spur, die uns weiterbringt.

Kapitel 21 – Sonntag, 14. August 2022

Das war ja gestern ein ganz schön aufregender Tag. Wir sind anschließend nach Hause gefahren und haben ausgemacht, jeder für sich nachzudenken, ob wir vielleicht etwas übersehen haben.

Mir geht einfach nicht aus dem Kopf, dass mich die vierte Person auf dem Foto, diese Frau, an irgendwen erinnert, aber ich komme einfach nicht drauf, es ist zum Verrücktwerden.

Es ist noch Vormittag, als ich einen Anruf von Karolin Ammer, der Schwester von Christine Regner erhalte. Karolin teilt mir mit, dass sie die Fotografin des Vierer-Fotos ausfindig gemacht habe. Doris Gruber war eine Bekannte von Christine und ist unter anderem aus purer Neugier damals für eine Weile nach Indien gegangen.

Sie leitet mir eine Sprachnachricht weiter:

„Hallo Karolin und liebe Damen des Miss-Marple-Clubs,

Ich musste bei eurer Frage erst etwas in meinen Erinnerungen und auch in meinen Fotos kramen. Ich bin damals kurz vor Christine nach Indien geflogen. Allerdings nicht um meinen spirituellen Horizont zu erweitern. Ich wollte interessante Fotos für einen Fotoband oder eine Ausstellung schießen. Das Abi hatte ich in der Tasche, meine Eltern haben mir ein wenig Geld zugeschossen und ich wollte ein Abenteuer erleben. Ich war dort im Bhagwan-Dorf sozusagen *der bunte Hund*. Ich bin auch nur ungefähr einen Monat geblieben, die waren mir alle zu abgedreht. Aber mir ist eingefallen, dass noch eine Bekannte von uns dort war. Wie war denn noch ihr Name, moment ich hab es gleich, Conny – nein, Christina – nein, Christa, ja genau, Christa hieß sie. Aber ich glaube, dort im Camp war sie auch nicht in diesem Viererclub. Sie hat sich nach einer Weile ein paar anderen Sannyasins angeschlossen. Ich glaube ja, weil sie in einen der zwei Jungs verknallt war, der aber nichts von ihr wissen wollte. Mehr fällt mir momentan leider nicht ein. Ich hoffe, dass es hilfreich für euch ist.“

Hier ist die Nachricht zu Ende, gerade wo es interessant wird. Karolin hat mir allerdings in weiser Voraussicht gleich den Kontakt der Fotografin, Doris Gruber, weitergeleitet. Ich hole schnell Leonie dazu, sie war gerade mit den Tieren im Garten. Beim Anhören der Nachricht werden ihre Augen immer größer, sie hat genau wie ich, die heiße Spur in der Nase.

Ich rufe sofort bei dieser Doris durch und stelle auf laut. Es klingelt und klingelt, ich glaube schon nicht mehr, dass jemand zu Hause ist, als es in der Leitung knackt und abgenommen wird.

„Gruber“

„Ja, hallo Frau Gruber. Hier ist Inge Schneider und meine Enkelin Leonie aus Rhede. Wir haben ihre Nummer von Karolin Ammer, wir hätten da noch ein paar Fragen bezüglich Poona."

„Schießen Sie los."

„Sie sprachen von dem Viererclub, wer war das alles?"

„Ja also, die Christine, ich hab ein ganz schlechtes Namensgedächtnis, müssen sie wissen. Einer der Jungs hieß Markus – nein Michael. Dann Willi und eine Hanna. Ja, so war es, glaube ich jedenfalls."

„Könnte es sein, dass der Willi eventuell ein Werner war?"

„Äh, jaaa, wenn ich es mir recht überlege. Ja, es waren wirklich Christine, Hanna, Michael und Werner."

„Okay, das bringt uns jetzt nicht wirklich weiter, der Michael ist nämlich unsere zweite Leiche. Werner ist uns bekannt, aber momentan verschwunden. Wir befürchten, dass er das nächste Opfer oder aber der Täter ist. Auf jeden Fall muss es einen Zusammenhang geben."

„Das klingt wirklich so. Ich habe noch ein Foto von allen Fünfen, als sie gerade in Poona eingetroffen waren, das kann ich euch schicken. Ich bin ein paar Tage vor ihnen dort gelandet, kannte Christa und Christine nur vom Sehen. Im Ashram habe ich von allen möglichen Vorkommnissen, Inszenierungen und Menschen Fotos gemacht. Die Bilder, die ihr kennt, habe ich ihnen geschenkt, weil sie ein interessantes Grüppchen waren und eben aus meiner Heimat kamen. Diese Christa, seht ihr da auch drauf. Ich habe nochmal nachgedacht, sie war in den Michael verschossen, der wollte aber nichts von ihr. Deshalb hat sie sich größtenteils anderen Gruppen angeschlossen. Sie blieb dann auch nicht lange, ist noch vor mir wieder nach Deutschland zurück. War wohl auch nicht so ihr Ding."

„Wie war es denn so mit denen? Gab es da Liebesbeziehungen?"

„Ach ihr wisst doch sicherlich, wie es dort zuging. Freie Liebe und so. Bhagwan sagte, durch freie Liebe kann man die Lust und die Sexualität überwinden. Da war ziemlich viel los, ich war da zu prüde zu", sie kichert mädchenhaft ins Telefon.

An dieser Stelle muss Leonie ein Prusten unterdrücken und macht ein Husten draus.

„Wissen sie zufällig noch den Nachnamen dieser Christa?"

„Puh, ich bin ja froh, dass ich ihren Vornamen noch wusste. Moment, es liegt mir auf der Zunge. Irgendwas was mit Singen, Frohgesang – nein. Jetzt hab ichs, es war ein wirklich ungewöhnlicher Name, sie hieß Hochgesang, ja genau."

„Fein, das bringt uns eventuell weiter."

Ich lege auf und schaue meine Enkelin an. Sie hat sich nach der Freie-Liebe-Aussage wieder beruhigt, muss sich allerdings die Lachtränen aus den Augenwinkeln wischen.

„Hast du die gleiche Idee wie ich?", fragt sie mich.

„Bezüglich dieser Christa? Ich glaube schon. Was mich nervt ist aber auch, dass wir immer noch nicht wissen, wer diese vierte Person ist.

„Ja, stimmt. Aber was machen wir jetzt wegen dieser Christa?"

„Wir leiten erst einmal die Sprachnachricht von Doris und eine Zusammenfassung unseres Telefonats in die Miss-Marple-Gruppe weiter."

Kurze Zeit später trudeln die ersten Nachrichten ein.

Gudula:	Christa? Na das ist ja wohl kein Zufall.
Marianne:	Warum hat sie nicht gesagt, dass sie die Leiche, also Michael, kennt?
Irmgard:	Alles klar, sie wollte damals was von ihm und hat ihn nicht gekriegt. Das nagte jetzt die ganzen Jahre an ihr. Als sie irgendwie mitbekommen hat, dass er wieder in Bocholt ist, hat sie eine Möglichkeit gesucht, sich wegen der verschmähten Liebe zu rächen."

Frieda:	Dann hat sie ihn in ihr Geschäft *zum Reden über vergangene Zeiten* eingeladen und ihn kalt gemacht?
Leonie:	Sorry, aber ich weiß nicht. Wäre das nicht ziemlich schlecht durchdacht? Die Polizei bekommt bestimmt auch irgendwann drauf, dass sie ihn kannte. In ihrem eigenen Laden... nee.
Ich:	Stimmt schon, aber vielleicht war genau das der Plan? Niemand kann sich vorstellen, dass man jemand in seinen Räumen kaltmacht.
Irmgard:	Ich glaube, wir sollten Frau Thöne schnellstens aufsuchen und nach ihrem Alibi befragen. Ich rufe sie an und frage nach, ob wir mal vorbeikommen können. Aber wir sollten nicht zu sechst dort aufschlagen. Wer will mit?

Als Frieda sich sofort freiwillig meldet, stellen wir anderen fest, dass das wegen ihrer Beziehung zu Werner, keine gute Idee ist. Sie findet das doof, wird aber überstimmt. Gudula wird Irmgard begleiten.

Kurze Zeit später, benachrichtigt uns Irmgard, dass sie heute Nachmittag, 17.00 Uhr zu Frau Thöne nach Hause kommen sollen.

Kapitel 22 – immer noch Sonntag, 14. August

Da Leonie und ich die Wartezeit überbrücken müssen, machen wir einen langen Spaziergang durch den Prinzenbusch mit unserer Haustier-Gang, wie Leonie immer sagt. Dabei gibt es für uns natürlich nur ein Thema:

„Sag mal", beginnt Leo, „Hast du nochmal dran gedacht, an wen dich unsere unbekannte Frau erinnert?"

An der Art, wie sie fragt, merke ich, das meine Enkelin einen Hintergedanken hat, ihn aber noch nicht aussprechen will.

„Na so richtig nicht, wieso?"

„Jetzt überleg mal, wer, der in letzter Zeit über die Aa gegangen ist, könnte der Person ähneln."

Normalerweise stehe ich ja nicht so auf dem Schlauch, vielleicht werd' ich ja doch langsam senil. Ich muss eine ganze Weile nachdenken. Leonie geht stumm neben mir her und guckt mich immer wieder schief von der Seite an. Ich zermartere mir das Hirn, bis ich förmlich die Puzzleteile an die richtige Stelle plumpsen höre.

„Itze hob iechs, äh, jetzt habe ichs. Klein, quadratisch, praktisch, gut – Hannelore hat sich figürlich gar nicht verändert. Sie macht das Quartett vollständig. Aber sie heißt doch Hannelore und nicht Hanna."

„Wow, endlich, Omi. Aber schau mal, was diese Doris für ein Namensproblem hat und Hannelore und Hanna sind sich ja doch recht ähnlich."

„Ich habe sie auch eigentlich immer Hanni genannt, wie wahrscheinlich jeder, der sie kannte. Dann ist ja die zweite Frage, ob sie wirklich eines ganz natürlichen Todes gestorben ist, oder jemand ein klein bisschen nachgeholfen hat."

„Ja, genau das hab ich auch gedacht. Wäre schon ein komischer Zufall. Fragt sich nur, wieso, irgendetwas muss doch passiert sein."

„Richtig, ein Auslöser, den wir noch nicht kennen."

Jetzt sind wir beide am Grübeln, bis endlich ein Dingeln das Eintreffen eines Anrufs von Irmgard und Gudula anzeigt.

Glücklicherweise steuern wir gerade auf eine, schon nicht mehr taufrische, Bank zu. Ich nehme den Anruf entgegen und stelle auf Lautsprecher:

„Hallo ihr Lieben, wir sind gerade bei Frau Thöne raus. Sehr nette Frau, und ihr entzückendes, rollendes R", beginnt Gudula.

„Jaja, Gudula. Jetzt krieg dich mal wieder ein, du bist doch sonst ganz normal. Sie könnte eine Mörderin sein, meinetwegen eine Mörderin mit entzückendem, rrrrollenden R."

Ich sehe förmlich durchs Telefon, wie Irmgards linke Augenbraue im Haaransatz verschwindet. Leonie mischt sich sofort mit ihrer besten, deeskalierenden Therapeutenstimme ein. „Ja, wir verstehen, ihr habt sie bestimmt nach allen detektivischen Regeln ausgequetscht. Was habt ihr herausbekommen?"

„Also, sie war wirklich sehr nett. Hat uns Kaffee und Kuchen angeboten. Dann haben wir sie befragt. Sie hat schließlich zugegeben, dass sie mit Christine nach Poona gefahren ist. Sie wollte ein Abenteuer erleben. Dem ganzen Sektengeschwurbel stand sie von Anfang an skeptisch gegenüber. Die Christine und Christa, ist das nicht lustig, Freundinnen mit fast dem gleichen Namen."

Ein strenges Hüsteln von Frau Ex-Lehrerin.

„Ja, wo war ich. Die beiden haben dann in Pune bzw. Poona - Werner und Michael kennengelernt. Frau Thöne gab auch zu, dass sie sich auf den ersten Blick in Michael verliebt hatte. Er machte ihr aber ziemlich schnell klar, dass er an einer Liebesbeziehung mit einer Frau an sich kein Interesse habe, ihr wisst schon. Und ratet mal, wer die fünfte im Quintett war", fragt Gudula.

„Hanni", sagen Leonie und ich wie aus einem Mund.

„Woher wisst ihr das?", kommt messerscharf von Irmgard.

„Wir haben sie im Nachhinein endlich auf dem Bild erkannt. Und von Hannelore über Hanna zu Hanni ist es ja nicht soweit", stelle ich fest.

„Ja, jetzt wo ihr es sagt... da hätten wir auch schon früher draufkommen können. Figürlich hat sie sich nicht stark verändert. Jetzt habt ihr uns die Pointe versaut", jammert Gudula, fast schon eingeschnappt.

„Sorry, Gudi. Aber wie geht's weiter?" Oh, ob Gudula die neue Namensabkürzung meiner Enkelin mag? Sie schweigt aber und Irmgard übernimmt.

„Also, Frau Thöne, Christa, hatte irgendwann die Faxen dicke, Werner ist wohl die ganze Zeit, wenn sie nicht gerade beim Meditieren, Tanzen oder was-auch-immer waren, um Christine rumscharwenzelt. Michael war in seiner eigenen Welt. Und Christine war begeistert von Michael und von Bhagwans Ideen. Mit Doris hat sie sich nie so richtig verstanden, deshalb ist Christa schon nach einer Woche wieder abgereist... wenn das alles stimmt, was sie uns erzählt hat."

„Also ich glaube ihr", mischt sich Gudula wieder ein". Sie hatte danach nichts mehr mit Christine zu tun. Hat durch Sozial Media mitbekommen, dass Michael in Bocholt wohnt und hat sich mit ihm getroffen, auf ganz freundschaftlicher Ebene. Er hat ihr auch Freikarten für seine Show geschenkt. Meiner Meinung nach war sie ehrlich erschüttert über seinen Tod und nicht nur, weil er in ihrem Geschäft lag."

„Oder sie ist eine sehr gute Schauspielerin – ich bin noch nicht überzeugt von ihrer Unschuld", kontert Irmgard, etwas verschnupft.

„Also sind drei aus unserem Quartett tot, – die Frage ist nun, ob Hannelore wirklich eines natürlichen Todes gestorben ist, oder ob nachgeholfen wurde. Wenn das der Fall ist, fehlt uns immer noch das Motiv für einen dreifachen Mord", schließt Leonie.

Jetzt ist erst einmal Stille in der Leitung. Bis Gudula einfällt, dass wir Frieda und Marianne ganz außen vor gelassen haben. Gudula und Irmgard beschließen, die beiden in Konferenz anzurufen und ihnen alles mitzuteilen. Ups, das ist jetzt doof gelaufen, eigentlich machen wir das ja immer alles zusammen.

Kapitel 23 – Montag, 15. August 2022

Natürlich wurden unsere beiden Freundinnen gestern noch vollkommen ins Bild gesetzt. Als ich dann heute morgen so alleine am Frühstückstisch sitze und ganz in Gedanken in meinem Muckefuck rühre, fällt mir schlagartig was ein. Ich springe vom Stuhl auf, höre ein entrüstetes „Miaauuuu", huch, hab den Stuhl auf Rudolfs Schwanz gestellt.

„Sorry, Rudolf, was schleichst du auch immer um mich rum!" Ich muss in meine Krimskrams-Schublade. Und tatsächlich, da liegt, total vergessen, der Hausschlüssel von Hanni. Wie konnte ich da nicht dran denken, dass sie ihn mir vor ewigen Zeiten für Notfälle gegeben hat. Hab' ihn aber nie benutzen müssen und dadurch war er mir total entfallen.

Wenn ich jetzt noch wüsste, ob Wolfgang neue Schlösser eingebaut hat… Ich muss sofort die Mädels benachrichtigen. Frieda reagiert auch gleich und klingelt fünf Minuten später an meiner Tür. Sie hat sich schon etwas Farbe ins Gesicht geschmissen, ist aber noch im Jogginganzug. Die anderen sind alle beschäftigt.

„Du hast einen Schlüssel von Hannelore? Das wusste ich ja gar nicht", ist das erste, was sie etwas außer Atem hervorstößt.

„Ach weißt du, das hatte ich auch total vergessen. Sie hat mich mal zum Kaffee eingeladen und ihn mir für Notfälle in die Hand gedrückt. Jetzt ist die Frage, wollen wir uns reinschleichen und nach Spuren eines gewaltsamen Todes suchen? Oder nach einem Mordmotiv?"

„Ich würde schon wollen, aber es ist Vormittag, wenn uns nun jemand beobachtet?"

„Lass uns mal nachdenken, wer uns erwischen könnte. Wolfgang ist arbeiten, den hab ich vorhin wegfahren sehen als ich mit den Tieren unterwegs war. Tenbrinks sind im Urlaub, Schladerkamps sind bei der Tochter in München, haben sie mir am Freitag gesagt. Bei Böhmers sind beide arbeiten, die Kinder in der Schule. Alle anderen wohnen weiter weg, die können uns eigentlich nicht sehen. Wat denkste?", ab und zu red ich etwas platt, hihi.

Frieda hat bei meinen Worten jedes Mal zustimmend genickt und dabei aus dem Küchenfenster geschaut, um die Häuser nebenbei zu überprüfen.

„Jaaa, du hast recht, dat müsste schon mitm Düwel togohn. Ich glaube, wir können das riskieren. Hat noch jemand geantwortet?"

Ich guck aufs Handy, Irmgard ist beim Friseur, Gudula hat gleich einen Arzttermin und Marianne ist in Bocholt zum Frühstück eingeladen. Leonie ist schon längst in der Berufsschule – also jetzt oder nie.

Ich schnapp mir den Schlüssel und auf geht's. Irgendwie komm ich mir wie eine Schwerverbrecherin vor, als wir über die Straße laufen und sicherheitshalber noch einmal gucken, ob auch ja niemand unterwegs ist und uns sieht. Wir sind absolut allein auf weiter Flur, ich stecke den Schlüssel ins Schloss und er lässt sich widerstandslos umdrehen.

Wir stehen im Hausflur, man kann sehen, dass Wolfgang gute Arbeit geleistet hat. Vom 80-er Jahre-Charme zu Hannis Zeit ist hier im Erdbeschoss nichts übrig geblieben. Küche und Wohnzimmer glänzen in chromsilber mit schwarzen Akzenten. Alles ist sehr durchgestylt und sieht ziemlich teuer aus. Wir beschließen erst einmal ins Obergeschoss zu gehen, vielleicht hat er ja da noch Sachen von seiner Mutter abgestellt.

Frieda schleicht die Treppe hoch und macht einen erschrockenen Kiekser, als eine Stufe unter ihr knarrt. „Frieda, uns hört hier niemand."

„Ach stimmt, ich bin total im Einbrechermodus", sie kichert nervös.

Als nächstes sehen wir das Badezimmer, welches noch auf eine Renovierung wartet. Aber so schnell kann man ja nicht das ganze Haus umgestalten. Allerdings strahlt alles blitzsauber in hellbraun.

Weiter geht es, wir öffnen sein Schlafzimmer, ein großes Boxspringbett dominiert den Raum. Das hat er definitiv neu und teuer eingerichtet.

Ein Gästezimmer ist relativ sparsam möbliert und sieht dagegen sehr nach einer bekannten skandinavischen Möbelhauskette aus.

Das Arbeitszimmer nebenan ist ähnlich eingerichtet, vielleicht hat da das Geld nicht mehr gereicht. Ich will eigentlich gleich schauen, ob ich den PC zum Laufen bekomme, als Frieda mich herausruft.

„Guck mal, hier ist noch ein Abstellraum", sie hat die Tür zu einem Zimmer weiter hinten geöffnet. Wir gehen hinein und tatsächlich scheinen hier die Überbleibsel von Hannis Leben zu liegen.

Der Raum wird von einem alten Sekretär dominiert, darauf steht eine Schmuckkassette und ein paar abgenommene Bilder liegen daneben. Schreibutensilien, Briefumschläge und ein Kästchen mit Briefmarken, Block und ähnliches. Ein Ohrensessel mit einem Zierkissen darauf steht verloren in der Ecke. Ich kann mich erinnern, dass er bis vor kurzem im Wohnzimmer stand, scheinbar war es Hannis Lieblingssessel. Daneben an der rechten Wand ist ein altes Regal. Darin stehen wohl an die dreißig Fotoalben und ganz unten ein paar verstaubte Bücher. Moment Bücher? Nein, das scheinen Tagebücher zu sein...

Kapitel 24 – immer noch Montag, 15. August

Es sind wirklich Tagebücher, teilweise übereinander. Probeweise nehme ich eines der unteren heraus. In einer sauberen, schnörkeligen Mädchenschrift steht da:

Mein Leben – Meine Gedanken – Meine Gefühle – 1975

Na, jetzt wird's interessant. Ich lege es wieder ganz nach unten. Also hat unsere Hannelore regelmäßig Tagebuch geschrieben, wie es aussieht bis zu ihrem plötzlichen Ende... Das neueste Buch ist wirklich von 2022, ich schnappe es mir. Frieda interveniert, „Willst du wirklich? Wenn Wolfgang das merkt."

„Ach quatsch, das ist vielleicht unsere Chance, Licht ins Dunkel zu bringen! Ich glaube nicht, dass Wolfgang jeden Tag guckt, ob alle Tagebücher vollständig vorhanden sind. Warte mal, da muss doch auch...", ich gehe kurz die Bücher durch und rechne die Jahre mit.

„Ha, da isses ja":

Sicherheitshalber nehme ich mir noch das nächste Buch, das von 1980. Plötzlich hören wir Motorengeräusche näher kommen. Frieda stürzt zum Fenster, „Inge, Inge, wir müssen weg, Wolfgang kommt."

Oh Sch… jetzt müssen wir aber schnell werden. Ich hab die Bücher in der Hand und schon sind wir zur Zimmertür raus. Der Motor ist schon ganz laut zu hören, wahrscheinlich parkt Wolfgang gerade in der Garage ein. Wir haben nur eine Chance, wir versuchen möglichst leise und schnell die Treppe runter zurennen. Jetzt ist der Motor aus, das Garagentor wird geschlossen und wir schleichen geduckt, die Eingangstür ist aus Milchglas, zur Hintertür. Nein, das geht nicht gut, gleich wird die Tür aufgehen, Moment haben wir sie abgeschlossen, als wir rein sind? Bestimmt nicht, au weia. Wir sind schon an der Hintertür als wir Wolfgang mit jemandem sprechen hören,

„Oh gut, mein Paket, die App hat mich schon benachrichtigt. Klasse, das es heute schon da ist."

Manchmal kommt die Post doch genau zur richtigen Zeit. Wir sind gerade zur Hintertür raus, die sich Gottseidank mit dem gleichen Schlüssel öffnen ließ, als wir noch die Paketbotin einen Gruß rufen hören. Frieda schließt noch ab und wir ducken uns unter dem Flurfenster weg.

„Na sowas, da hab ich doch glatt vergessen, die Tür heute morgen abzuschließen", kommt laut hörbar von Wolfgang. Worauf die Postangestellte antwortet, „Das kann aber schiefgehen, Herr Benning, da muss man selbst bei uns auf dem Land vorsichtig sein. Die Welt ist schlecht. Machen Sie es gut."

Die Tür fällt ins Schloss und wir schleichen vorsichtig um die Ecke. Hoffentlich guckt Wolfgang nicht aus dem Fenster, wie sollten wir ihm denn erklären, was wir in seinem Garten machen, mit den Tagebüchern seiner Mutter in der Hand. Schnell weg hier, das knallgelbe DHL-Auto ist schon um die Ecke gebogen.

Ich kann euch sagen, ich komm mir vor, wie eine Schwerverbrecherin, als ich mit Frieda von Baum zu Busch schleiche, bis wir endlich am Gartentor sind. Glücklicherweise ist niemand auf der Straße zu sehen. Ruckzuck sind wir in meiner Wohnung. Frieda geht gleich in die Küche, plumpst auf den nächstbesten Stuhl und hält sich unter Stöhnen und Keuchen die Hände auf ihre beachtlich wogende Oberweite.

„Ich sach's dir Inge – ich bin nahe am Herzinfarkt. Bin echt zu alt für diese Sachen."

„Ach komm, Miss Marple war viel älter als sie ihre Kriminalfälle gelöst hat, oder sie sah zumindest älter aus." Ich tätschele meiner Freundin die Schulter und setze schnell Kaffee für uns auf.

Ein „Pling" kündigt eine eingehende Nachricht auf meinem Handy an. Es ist Leo, sie ist heut in der Berufsschule und schreibt mir, dass eine Lehrerin erkrankt sei. Daher kommt sie schon zum Mittagessen nach Hause.

Ich schenke uns den Kaffee ein und Frieda rührt drin rum. Die Bücher liegen vor uns auf dem Esstisch. „Weißt du was, Inge, lass uns mit den Büchern warten, bis Leonie da ist. Vielleicht können die anderen Mädels ja auch dazukommen. Ist sonst so doof, wenn wir mehr wissen als sie. Obwohl ich total neugierig bin. Das muss ich ja zugeben."

„Stimmt Frieda, ich frag kurz in die Gruppe, wann sie hier sein können. Aber ehrlich, ich muss mich richtig beherrschen. Mir kribbelt es in den Fingern."

„Ja, mir auch, aber egal. Wir sind ja eine Mannschaft – oder heißt es dann Frauschaft?"

Ich pruste los und verschlucke mich fast an meinem Kaffee. Ich bin gerade dabei, die Nachricht zu schreiben, als es an der Haustür klingelt. Also gehe ich mit dem Handy zur Tür und öffne. Mir bleibt fast das Herz stehen, das Telefon fällt mir vor Schreck aus der Hand, als Wolfgang vor mir steht.

„Äh, ach, äh, Hallo äh Wolfgang", stottere ich total unauffällig. Aus der Küche ist ein Hustenanfall zu vernehmen.

„Ach du hast Besuch, Inge. Ich will dich auch gar nicht lange stören. Mir geht's nicht so gut, hab mir auf der Arbeit frei genommen. Hast du zufällig ein paar Grippetabletten zu Hause? Meine sind alle und ich glaube, mein Kopf platzt gleich." Wolfgang hat schon zwei Schritte in Richtung Küche gemacht.

„Ja, äh, natürlich. Ich hol dir welche. Warte, ich hab sie im Bad."

Er bleibt etwas irritiert stehen, in dem Moment wird in der Küche ein Stuhl beiseite geschoben und ich höre eine Schublade auf- und zugehen. Im nächsten Moment öffnet Frieda die Küchentür und lächelt Wolfgang freundlich an.

„Hallo Wolfgang, komm doch rein. Inge hat mir gerade den Rücken massiert, sie hat wohl gedacht, ich wäre noch halbnackt und sie wollte mich nicht kompromittieren." Sie gluckst etwas verschämt.

„Willst du einen Kaffee, während Inge die Medizin holt?"`

„Ja, gern."

Ich geh ins Bad und wundere mich, wie schnell Frieda geschaltet hat. Meine Freundin kann manchmal richtig raffiniert sein.

Als ich mit dem Grippemittel wieder in die Küche komme, erzählt Wolfgang gerade, dass er sich gut eingelebt habe, es aber mit seiner Exfrau nur Probleme gäbe. Frieda rührt in ihrem Kaffee und schaut ihn mit ihrem Kuhblick mitleidig an. Ich setze mich dazu.

„Sag mal, hat deine Mutter eigentlich immer in Rhede gelebt?", versuche ich ihn vorsichtig auszufragen.

„Ja, sie war sehr heimatverbunden, sie ist nicht großartig aus dem Münsterland rausgekommen. Wir sind mal ins bergische gefahren, aber weiter weg wollte meine Mutter nicht. Im Sauerland wohnt eine Schwester von ihr, da haben wir auch ab und zu Urlaub gemacht.

„Ach, und im Bergischen wohnte wohl dein Vater?", hakt Frieda nach.

„Ja, genau. Aber die haben sich schon früh getrennt, er ist schon lange tot. Aber meine Großeltern wohnten ebenfalls dort."

„Ahhh, so. Hattest du denn viel Kontakt zu deinem Vater?", frag ich so nach.

„Naja, wahnsinnig viel Kontakt nicht. Aber eigentlich war ich zufrieden, so wie es war. Ich hatte eine glückliche Kindheit und eine liebevolle Mutter."

„Das ist viel wert", stimmt Frieda nickend zu und tätschelt seine Hand.

„So", Wolfgang erhebt sich und schiebt seinen Stuhl an den Tisch, „ich muss dann mal wieder. Will mich mit der Tablette ne Weile hinlegen. Dann kann ich Morgen bestimmt wieder arbeiten."

„Ja, mach das. Gute Besserung und komm gern wieder vorbei", sag ich und geh ihm hinterher zur Tür.

Als ich wieder in die Küche komme, guckt mich Frieda erwartungsvoll und mit einem Glitzern der Erkenntnis in den Augen an.

„Das stinkt zum Himmel. Er muss doch wissen, dass seine Mutter in Indien war. Warum erzählt er so einen Quatsch. Inge, da stimmt was nicht."

Ich lass mich auf den Küchenstuhl plumpsen. „Ja, ich hab da auch ein ganz komisches Gefühl." Hoffentlich kommen die anderen bald. Ich halt's nicht mehr aus, die Bücher schreien mich förmlich an."

Ich guck aufs Handy und tatsächlich haben Irmgard und Gudula schon geschrieben, dass sie gegen 13.00 Uhr hier sein können. Das ist ja schon mal was, da müssen wir nur noch knapp zwei Stunden warten.

***

Endlich sind alle am Küchentisch versammelt. Marianne hat sich auch noch gemeldet und zugesagt. Leonie hat unterwegs was gegessen und sitzt genauso gespannt auf ihrem Stuhl wie wir Alten.

Ich öffne das erste Tagebuch von 1979. Schulereignisse, ein bisschen Liebeskummer, Ärger mit den Eltern, das übliche Tagebuch-Blabla. Bis sie sich schließlich entschließt, nach den bestandenen Abiturprüfungen ein Abenteuer zu erleben.

„Liebes Tagebuch, ich war heute mit Marlene in Köln Klamotten kaufen und ein bisschen rumspazieren. Da war auf der Domplatte ein Menschenauflauf. Solche Leute in orangenen Gewändern, diese Bhagwan-Jünger haben auch uns ein paar Flugblätter gegeben. Die waren so nett und super interessant. Mit einem habe ich mich länger unterhalten. Michael hieß er, er meinte, dass er in vier Wochen nach Indien reist um an Geist und Körper gesund zu werden, sich vom westlichen Wohlstandsstreben zu befreien und ganz mit sich und seinem Körper eins zu werden. Das war so spannend, er hat mir seine Telefonnummer und Adresse aufgeschrieben. Wenn ich möchte, könnte ich gern mitkommen, er wohnt zur Zeit in einer WG mit mehreren Bhagwan-Anhänger. Ich würde da so gern hin, aber ich weiß nicht, ob ich mich das traue."

In meiner Küche ist es leise geworden, die Spannung ist mit Händen zu greifen.

„Les' weiter, komm, jetzt wird's spannend – das ist ja so geil", meint Leonie und die Mädels nicken.

Über die nächsten zwei Wochen steht nicht viel, außer, dass sie überlegt, ob sie den Mut aufbringt. Schließlich geht sie zu ihrer Oma, die ihr Geld fürs bestandene Abitur und eine anschließende Reise versprochen hat. Oma lässt sich nicht lumpen und anschließend informiert sie ihre Eltern, die allerdings nicht unbedingt begeistert sind. Hannelore flunkert ihnen etwas vor, von wegen einer Freundin, die mitkommt und schließlich ist sie ja 18 Jahre alt und hat ein 1,4-er Abitur hingelegt. So lassen sie sich schließlich erweichen und Hanni düst nach Köln zu Michael.

ZU UNSEREM INZWISCHEN MAUSETOTEN MICHAEL!!!

Jetzt haben wir es schwarz auf weiß, die Verbindung von Hannelore, Michael, Werner und Christine. Alle waren zur gleichen Zeit in Indien und jetzt sind fast alle tot. Michael und Christine gewaltsam und Hannelore angeblich durch einen Unfall .

Was noch zu beweisen wäre. Es ist kurz still am Tisch. Dann plappern alle durcheinander.

„Jetzt ist die Frage, ob Wolfgang die Tagebücher gelesen hat oder nicht", kommt von Irmgard.

„Ich fress nen Besen, wenn er die nicht kennt!", meint Gudula.

„Und wenn er sie kennt, hat er uns eindeutig heute angelogen", resümiert Frieda.

„Hmm", ich muss da erstmal drüber nachdenken.

Leonie holt einen Notizblock aus meiner Schublade und fast folgendes zusammen. „Es besteht jetzt wirklich die Möglichkeit, dass Hannelore auch umgebracht wurde. Der Kreis der Verdächtigen hat sich jetzt wieder vergrößert:

1. **Wolfgang**
   Könnte Wolfgang der Mörder seiner eigenen Mutter sein? Und wenn, dann warum? Und warum sollte er die Anderen umgebracht haben? Noch kein Motiv erkennbar.

2. **Christa Thöne**
   Hat sie etwas zu verbergen? Motiv bei Michael = damals unbeantwortete Liebe, aber jetzt nach so vielen Jahren? Und bei den Morden an Christine und vielleicht Hannelore = Eifersucht?

3. **Werner**
   Er ist glücklich liiert mit Frieda, Motiv ???

„Also ganz ehrlich", wirft Marianne ein. Die Leute hängen ja alle zusammen, aber niemand von den dreien hat ein wirkliches Motiv, die anderen umzubringen. Habt ihr schon drüber nachgedacht, dass Werner nicht der

Mörder sondern das nächste Opfer werden könnte, oder vielleicht schon ist?"

„Oder", beginne ich, „Wolfgang hat die Bücher wirklich bisher nicht gelesen und uns demzufolge auch nicht angelogen, weil er gar nicht wusste, dass seine Mutter in Indien war."

Wir wollen gerade weiterlesen, als es an der Tür klingelt. Ich schnapp mir vorsichtshalber ganz schnell die beiden Tagebücher und unsere Notizen und schmeiße sie in die nächstbeste Küchenschublade. Wer kann das wohl sein?

Meine Freundinnen gucken noch verdutzt, als Leonie aufsteht und zur Eingangstür geht. Ich setze mich wieder und höre wie meine Enkelin unsere Freunde und Helfer begrüßt. Sie bittet den Kommissar und die Kommissarin extra laut herein.

„Na so ein Zufall, alle Damen auf einen Streich. Haben sie mal wieder ein konspiratives Treffen?"

„Wie kommen sie denn darauf, Herr Wohlbeck?", fragt Gudula.

„Herr Kriminalhauptkommissar oder wenigstens Herr Kommissar Wohlbeck – soviel Zeit muss sein", antwortet KHK Wohlbeck verschnupft.

Der stellt sich aber wieder an, wahrscheinlich hat er keine Ahnung, wer der Mörder ist und hat Angst, dass wir vor ihm Bescheid wissen.

„Äh, ja, sorry, Herr Kir… äh Kriminalhauptkommissar", Gudula ist in ihrem Stuhl geschrumpft und puterrot angelaufen, das ist ja eigentlich Mariannes Angewohnheit, aber die sitzt nur stumm am Tisch und spielt mit einem Faden, der an ihrem Sommerpulli lose sitzt.

„Wir waren gerade in der Gegend. Als wir ihre Autos, die wir ja inzwischen schon kennen, vor der Tür stehen sahen, wollten wir mal reinschauen", sagt Frau Hülskamp schmunzelnd.

Ich übernehme dann mal, „Herr Kommissar Wohlbeck, Frau Kommissarin Hülskamp, kann ich ihnen etwas anbieten, einen Kaffee vielleicht?"

„Nein danke, wir wollten sie nur darauf hinweisen, dass wir sehr wohl bemerkt haben, dass ihr Clübchen uns wieder ins Handwerk pfuscht. Aber wir müssten sie wohl alle in Untersuchungshaft stecken, um das zu verhindern. Sehen sie sich einfach vor, dass wir sie nicht zum Schluss wieder retten müssen, wie bei den letzten beiden Mördern. Irgendwann geht es schief, wenn man sich ständig in Gefahr begibt. Wir haben die Sache vollkommen im Griff."

Sprachs, nickte und ging aus der Küche. Frau Hülskamp grinsend hinterher, ich glaube, sie hat mir wieder zugezwinkert.

Leonie springt auf und läuft den beiden nach, verabschiedet sich ganz brav und schließt die Tür. Wir hören ein Auto anfahren und es dauert noch eine Minute bis Leonie wieder zu uns in die Küche kommt.

„So, sie sind weg, ich hab extra gewartet, bis sie um die Ecke gebogen sind." Sie holt unsere Unterlagen wieder aus der Schublade und nimmt das Buch von 1980 zur Hand. „So weiter geht's, vielleicht finden wir ja im nächsten Tagebuch ein Mordmotiv.

***

Leonie liest uns vor, das Michael und Hannelore in Poona gut angekommen sind. Man bemerkt beim Lesen, wie das Landpflänzchen Hanni in der großen, weiten Welt auflebt. Alles neugierig in sich aufnimmt. Sie lernen Werner, Christine und Christa kennen. Es wird aber nur eine 4-er Freundschaft, da Christa bald wieder heim nach Deutschland fährt.

Hannelore ist keine überzeugte Bhagwan-Anhängerin, aber das beschwingte, leichte Flair der Gemeinschaft gefällt ihr und die sexuelle Leichtigkeit beschreibt sie folgendermaßen.

Liebes Tagebuch,

ich bin hier als Jungfrau angekommen, aber das war ich schon nach einer Woche nicht mehr. Es ist so aufregend. Bhagwan sagt, man kann die sexuelle Lust durch ausschweifende sexuelle Erlebnisse überwinden. Ich bin total in der Überwindung. Wenn meine erz-katholischen Eltern mich so erleben würden... Erst hatte ich mit einem Skandinavier richtig süßen Blümchensex. Verstanden habe ich ihn allerdings nicht, da sein Englisch grottenschlecht war, das war aber kein Hinderniss. Er hat mir ständig gesagt, wie hübsch ich bin und mich an Stellen geküsst, die ich – egal... Gestern habe ich, ja ICH mir einen tollen Kerl aufgerissen. Spanier oder Portugiese. Es war richtig..."

Leonie wird leicht rosa, Frieda sitzt mit offenem Mund da, Marianne hat wieder einmal einen leicht pinken Farbton angenommen. Leonie räuspert sich und fährt fort:

„Es war richtig scharf. Er hat mich mit seinem orangenen Bhagwan-Schal an sein altes, quietschendes Metallbett gefesselt. Dann hat er..."

Leonie stockt wieder, ist noch etwas röter geworden und guckt in die Runde. „Ich glaube, das hier ist kein Mordmotiv." Von meinen Freunden ist ein „Oooh" zu hören. Irmgard sagt etwas enttäuscht, „Wo es gerade spannend wurde".

Hört, Hört, Irmgard ist heute aber versaut. Uuups...

„Das können wir anderes Mal lesen, jetzt müssen wir mehrere Morde aufklären, wir machen das ja nicht zum Spaß hier!", bestimmt Leonie.

Okay, sie liest ein paar Seiten quer. Die vier scheinen sich richtig toll zu verstehen. Zwischendurch wird immer wieder ein wenig von Bhagwan und seinen Lehren berichtet und sie beschreibt auch, wie er mit irgendwelchen Luxusschlitten zu seinem Andachtsort fährt, oft nur 400 – 500 m weit und die Sannyasins am Straßenrand stehen und ihm begeistert zuwinken.

Irgendwann ist herauszulesen, dass Hannelore, Christine und Werner beim Sex erwischt hat. Sie hatten wohl mehrmals was zusammen. Christine hatte sich heftig in Werner verliebt, für ihn scheint es allerdings nur eine körperliche Sache gewesen zu sein:

Liebes Tagebuch,

hab heute Christine und Werner aus Versehen belauscht, wie sie ihm eine Szene gemacht hat. Sie meinte, sie wären ein Paar. Werner ist aber schon mit der Nächsten, so einer indischen Tussi, in die Kiste gehüpft. Christine hat ihn angeschrien, er ist abgehauen und sie saß dann heulend auf ihrem Bett. Am nächsten Tag war er weg. So ein Mistkerl, hat sich Christine da zu viel versprochen? Hier ist ja alles lockerleicht und unverbindlich.

Ich schaue zu Frieda, sie sitzt mit zusammengekniffenen Lippen, stocksteif auf ihrem Stuhl. Die Blicke der anderen Frauen sind auch auf sie gerichtet. Sie hüstelt und wischt sich schnell über die Nase, dann sagt sie, „Ja, mein Gott, er war 18, da probiert man sich doch aus. Los, Leonie lies weiter."

Die nächste Aufzeichnung, die Leonie vorliest, handelt rund zwei Wochen später.

Habe heute für Christine einen Schwangerschaftstest gekauft, die kotzt sich seit einer Woche die Seele aus dem Leib. Sie wollte erst nicht, hat ihn aber dann doch gemacht. Du wirst es nicht fassen, liebes Tagebuch, Christine ist schwanger und Werner ist weg aus Poona. Christine hat den ganzen Tag geheult.

Es herrscht kurz Stille am Tisch, bis Gudula einwirft, dass Karola nie erwähnte, das Christine ein Kind habe.

Irmgard drängt Leonie weiterzulesen und auch ich hibbele inzwischen auf meinem Stuhl herum.

Liebes Tagebuch,

Christine ist inzwischen in der 20. Schwangerschaftswoche, ich habe mehrmals gefragt, ob sie nicht ihren Eltern Bescheid sagen will. Sie traut sich nicht, sie weint ständig und meint ihre Eltern würden sie rausschmeißen, wenn sie mit Kind zurückkommt. Werner will und kann

161

sie auch nicht benachrichtigen. Sie ist total fertig, ich habe da eine Idee, muss noch darüber nachdenken.

Das wird ja immer verrückter. Weiter geht es mit ein paar normalen Sachen, bis wieder zwei Wochen vergangen sind.

Liebes Tagebuch,

ich habe die ganze Zeit nachgedacht, jetzt habe ich einen Entschluss gefasst und werde ihn heute mit Christine besprechen.

Bei meiner letzten Frauenarztuntersuchung wurde festgestellt, dass ich wahrscheinlich nie Kinder bekommen werde. Christine bekommt ein Kind, was sie nicht haben will. Ich wollte schon immer Kinder, das gehört zu meinem Lebensplan. Nach dem Frühstück spreche ich mit Ihr.

Habe mit Christine gesprochen, sie wurde erst ganz still und schaute mich mit großen Augen an, dann sprang sie auf und umarmte mich wie wild, ich hab fast keine Luft mehr bekommen. Dann begann sie wieder zu weinen. Als sie sich nach ein paar Minuten beruhigt hatte, sagte sie zu mir, dass ich ihr Engel wäre.

Ich konnte es fast nicht glauben, aber sie möchte, dass ich nach der Geburt ihr Kind als mein Eigenes ausgebe. Ich bin so glücklich. Meine Eltern sind ziemlich modern drauf und werden sich hoffentlich einfach über ein Enkelkind freuen. Ich werde Mutter sein, ich kann es noch gar nicht glauben.

Wir haben beschlossen, dass ich mir langsam meinen Bauch ausstopfe und wir ziehen eine befreundete Sanyassin, die in Deutschland Hebamme ist, ins Vertrauen. Margot hilft uns bestimmt.

Ich werd' gleich verrückt, Christine hat Hannelore ihr Kind gegeben?

Es rattert in den Gehirnen, man kann es förmlich hören. Frieda ist die erste, die es ausspricht.

„Werner ist der Vater von Wolfgang? Und Christine ist seine Mutter und nicht Hannelore. Dazu kommt, dass Michael das garantiert gewusst hat. Das gibt es nicht, vollkommen verrückt!"

„Naja", wirft Irmgard ein, das kann schon klappen, wenn die Entbindung in Poona war, denkt ihr, da gab es ein Geburtsregister? Bhagwan sagte wohl, sie sollten geschützten Verkehr haben, es wurden sogar Kondome ausgegeben, aber danach hat sich bestimmt nicht jeder gerichtet. Okay, ein Gynäkologe würde wohl feststellen, ob jemand ein Kind bekommen hat oder nicht, aber das war wahrscheinlich ihr kleinstes Problem. Vielleicht ist sie einfach nicht zum Frauenarzt gegangen oder was auch immer."

Wir beschließen weiterzulesen, es ist ja auch zu spannend.

„Liebes Tagebuch,

heute hat Christine ihren kleinen Baby entbunden. Es war eine einfache Geburt. Die Hebamme haben wir ins Vertrauen gezogen, sie ist überzeugt, eine glückliche Frau ist eine gute Mutter. Da eine unglückliche Frau keine gute Mutter sein, hat sie ohne schlechtes Gewissen die Geburtsurkunde ausgefüllt und mich als Mutter reingeschrieben, Vater = unbekannt. Christine hat ein bisschen geweint, aber eigentlich ist sie mit der Situation im Reinen. Es ist zwar etwas komisch, dass wir angeblich am gleichen Tag entbunden haben und Christines Kind auf dem Papier eine Totgeburt war, aber das fällt hier in Poona gar nicht sehr auf. Die sind alle mit anderen Dingen beschäftigt. Christine will Werner nichts von seiner Vaterschaft erzählen und damit bin ich sehr zufrieden.

Ich bin so glücklich, liebes Tagebuch, mein Sohn heißt Wolfgang.

Leonie hört auf zu lesen und schaut in die Runde. In uns dröselt sich jetzt langsam das Rätsel auf.

Kapitel 25 – immer noch Montag, 15. August

Die Drei bleiben noch rund einen Monat in Poona. Christine stillt Wolfgang aber in allen anderen Dingen kümmert sich Hannelore um das Baby. Dann beschließen sie, sich zu trennen.

Christine ist zwar ein wenig traurig, hat aber immer versucht, sich seelisch nicht mit der Mutterschaft zu beschäftigen – keine Verbindung zu Wolfgang aufzubauen. Hört sich für mich sehr traurig an...

Die beiden Frauen beschließen, getrennt zurück nach Deutschland zu reisen. Unter Tränen trennen sie sich auf dem Flughafen. Sie wollen keinen Kontakt zu halten, tauschen nur für den Notfall ihre Adressen aus. Michael hingegen bleibt noch eine Weile in Indien.

Hannelore kehrt mit ihrem Kind nach Rhede zurück und wohnt dort im Haus ihrer Oma, in dem sie bis zu ihrem Tode lebte.

Wir sitzen noch eine Weile zusammen und kommen zu dem Schluss, dass Christa Thöne damit als Mörderin unter den Tisch fällt. Wir haben jetzt nur noch zwei Hauptverdächtige:

1. **Werner**: vielleicht hat er jetzt doch von seiner Vaterschaft erfahren. Als Rache für die verlorene Zeit, bringt er alle, die damit zu tun hatten, um.

2. **Wolfgang:** Hannelores Tod war eventuell doch ein Unfall, oder er hat sie im Affekt die Treppe heruntergestoßen. Danach tötete er seine biologische Mutter, weil sie ihn nicht wollte. Michael wurde als Mitwisser umgebracht. Seinen Vater Werner tötet er, weil er ihn nicht wollte bzw. sich nicht genug für seine Mutter interessierte.

Wir diskutieren noch eine ganze Weile. Frieda kann sich natürlich nicht vorstellen, dass ihr Werner ein gemeiner Mörder ist. Außerdem hatte Wolfang, ihrer Meinung nach ein völlig diabolisches Glitzern in den Augen, als er bei uns war. Naja, vielleicht war das auch nur beginnendes Fieber gepaart mit Kopfschmerzen, Frieda hat viel Fantasie.

Aber ich muss sagen, ich tendiere auch eher zu Wolfgang als Mörder. Ich kann mir einfach nicht vorstellen, dass er nicht in die Tagebücher seiner Mutter geschaut hat, als er sie fand. Leonie schließt sich mir an.

Gudula und Irmgard sehen Werner als Täter. Marianne will sich noch keiner Seite anschließen.

Wir beschließen, es für heute gut sein zu lassen und ich begleite meine Freundinnen noch zur Tür.

Leonie hat heute nichts mehr vor und so nehmen wir uns vor, den Abendspaziergang für die *Pets*, wie Leo sagt, nach einem schönen Abendessen aus Rührei und frischem Brot, zusammen zu machen.

***

Es ist ca. 20.00 Uhr, wir haben zusammen nach dem Gassigehen noch einen Tee getrunken, als ich ein quietschendes Geräusch von draußen höre. Ich lünkere ganz vorsichtig zum Küchenfenster heraus und sehe, wie Wolfgang sich nach beiden Seiten umschaut und versucht, das Gartentor leise hinter sich zu schließen. Er ist nicht aus der Vordertür gekommen, was ich schon einmal komisch finde. Über seiner rechten Schulter hängt eine große Sporttasche, er öffnet das Auto und schmeißt die Tasche in den Kofferraum.

Leonie kommt gerade aus der Gästetoilette und sieht mich am Fenster lauern. „Was hast du, Omi?" Sie sieht jetzt ebenfalls vorsichtig aus dem Fenster.

Wolfgang schaut sich noch einmal nach allen Richtungen um und geht zur Fahrertür. Wie automatisch wandert meine rechte Hand zu meinem Schlüsselbund, der auf der Kommode neben dem Flurfenster liegt. Ich sehe meine Enkelin an, sie nickt und wir sind uns ohne ein Wort einig.

Wir müssen sofort die Verfolgung aufnehmen, da ist was im Busch!

Wolfgang ist gerade eingestiegen und setzt vorsichtig den Wagen an, als versuche er auch hier möglichst wenig Geräusch zu machen, was natürlich Blödsinn ist. Wir warten, bis wir den Wagen losfahren hören. Leonie steht schon an der Haustür, eine Hand auf der Klinke. Ich schnapp mir noch mein Handy, meine Enkelin hat es natürlich wie immer in der Hosentasche. Dann stürzen wir zu meinem Auto, welches glücklicherweise noch vor der Haustür steht.

Wolfgang biegt gerade um die Ecke und fährt in Richtung Passkamp. Wir tuckern vorsichtig hinterher, wäre doof, wenn er uns bemerkt. Glücklicherweise hat sich ein Bulli zwischen uns geschlängelt. Wolfgang fährt jetzt am Kreisverkehr auf der Münsterstraße stadtauswärts. Der Bulli ist ein toller Sichtschutz. An der nächsten Kreuzung ordnet Wolfgang sich nach links ein. Will er etwa nach Borken fahren, sind wir vollkommen auf dem Holzweg?

Egal wir fahren vorsichtig hinterher. An der nächste Kreuzung, ist klar, Wolfgang will nicht nach Borken, wohl aber der VW-Bus, was doof ist, da unser Sichtschutz wegfällt. Wolfgang biegt nach rechts ab.

„Oma, fahr langsamer, sonst sieht er uns noch. Scheiße, das wir Sommer haben und es noch so hell ist."

Ich nehme den Fuß vom Gas und glücklicherweise überholt uns ein SUW, guckt rüber und zeigt uns den

Mittelfinger. „ So ein dämlicher A…", kommt von Leonie, „aber wenigstens ist wieder jemand zwischen uns."

Wolfgang fährt weiter geradeaus, die beiden Auffahrten zur B67 - links und rechts, lässt er liegen. Wohin will der nur? Nach einer Weile biegt er nach links ab, jetzt ist unser Sichtschutz natürlich geradeaus gefahren. Wir biegen ebenfalls ab und ich nehme wieder den Fuß vom Gas. Wir kommen an Habers Mühle vorbei. Er steuert seinen Wagen in die Sommerstegge, dann nochmal links. So tief in Krommert war ich noch nie! Auf dem alten, verwitterten Straßenschild steht *Zum Finkenbusch*. Schließlich wird er langsamer und biegt nach links ab. Wir bleiben im gehörigem Abstand am Straßenrand stehen. Wolfgang fährt einen kleinen Weg zu einem Haus abseits der Straße weiter. Wir steigen vorsichtig aus und stellen uns hinter einen Busch. Er parkt vor dem Hauptgebäude, anscheinend ein alter Bauernkotten, sieht irgendwie unbewohnt aus. Wolfgang steigt aus, natürlich nicht ohne sich nach allen Seiten umzuschauen. Unser Auto steht hinter einem großen Gebüsch, das vom Haus nicht einsehbar sein dürfte. Jetzt geht er zum Kofferraum, holt die Sporttasche heraus, knallt die Tür zu und geht ums Haus herum.

Als wir ihn nicht mehr sehen können und er uns somit ebenfalls nicht, rennen wir zu unserem Auto, wobei Leonie natürlich ein wenig schneller ist als ich. Wir steigen ein und fahren jetzt ebenfalls zum Bauernhof. Auch aus der Nähe wirkt er verlassen.

Wir parken hinter der Scheune und gehen vorsichtig den gleichen Weg, den unser Verdächtiger genommen hat.

Die Fensterläden des Hauses sind geschlossen, in den Ritzen der Läden ist aber deutlich ein Lichtschein zu sehen, alles andere ist dunkel. Wir schleichen weiter, bis wir zur Hintertür gelangen. Sie ist angelehnt, wahrscheinlich fühlt sich Wolfgang hier sicher. Was will er nur hier?

Leonie, die voran geht, greift zur Türklinke, wider Erwarten lässt sie sich ohne jedes Geräusch aufziehen. Plötzlich wischt etwas an meinem rechten Bein entlang. „Huhh", kann ich leider nicht ganz unterdrücken, ich kann euch sagen, mir bleibt fast das Herz stehen. Ein erwartungsvolles Maunzen ertönt. Ich geh sofort wieder in den Schatten hinter der Tür. Leonie ist schon in den Hausflur getreten, die schwarze Katze ist ihr nach nachgelaufen.

Eine Tür öffnet sich drinnen. „Was willst du dämliches Mistvieh hier?"

Ein Scheppern, dann ein empörtes Katzengejammer. Anscheinend hat Wolfgang etwas nach der Katze geworfen, ein Tapsen auf Treppenstufen verrät, dass diese den Rückzug ins obere Stockwerk angetreten hat.

„So eine Kacke, hab ich doch die Tür nicht richtig zugemacht. Und das alles wegen dir, Werner. Oder soll ich Papi zu dir sagen?", spricht er mit einem sarkastischen

Unterton weiter. So habe ich Wolfgang noch nie reden gehört.

Die Tür wird ins Schloss gehauen, au weiha, hoffentlich hat sich Leonie gut versteckt. Ich höre Schritte, die sich von der Tür wegbewegen, dann im Inneren noch ein Türenschlagen. Scheinbar hat er Leonie nicht gefunden. Vielleicht ist jetzt der richtige Zeitpunkt, die Polizei anzurufen! Kaffeetrinken wird er mit Werner nicht wollen und Wolfgang weiß ja, dass er sein Vater ist. Da ich die Nummer von Frau Kommissarin Hülskamp eingespeichert habe, kann ich ohne viel Tamtam den Anruf tätigen. Glücklicherweise geht sie nach dem dritten Klingeln an ihr Smartphone.

„Hülskamp"

„Frau Kommissarin, ich bin's die Inge, Inge Schneider. Sie müssen sofort kommen, wir haben den Mörder gefunden."

„Frau Schneider, ganz von vorn. Wo sind sie und wem sind sie auf der Spur?"

„Wir haben keine Zeit, sie müssen sofort kommen. Alles weitere erkläre ich dann. Ich bin ganz sicher, dass Wolfgang Benning der Mörder ist. Er scheint Werner Seggewiß gekidnappt zu haben."

„Wo? Wir kommen sofort."

Ich nenne die Anschrift und lege auf.

Kapitel 26 – immer noch Montag, 15. August

In diesem Moment öffnet Leonie ganz vorsichtig von innen die Tür und bedeutet mir, reinzukommen. Ganz vorsichtig schleiche ich über die Türschwelle. Ich höre von drinnen ein unterdrücktes Stöhnen und Wolfgangs Stimme.

„Ja, lieber Papa, endlich können wir uns mal unterhalten. Naja, okay, du nicht", ein bösartiges Lachen. „Aber du sollst ja wenigstens wissen, warum du gleich in die Hölle fährst. Ich habe mich immer so nach einem Vater gesehnt. Aber meine Mutter – das heißt, sie war ja gar nicht meine Mutter. Also meine Pflegemutter, erzählte mir das Märchen von einem One-Night-Stand im Urlaub."

Wir stehen jetzt vor einer angelehnten Tür, hören Wolfgang sprechen und dabei ein ganz eigenartiges Geräusch. Ein Quetsch-Zischen, fast, als würde eine Luftmatratze aufgepumpt. Was geht da nur vor sich? Jetzt wieder Wolfgangs Stimme:

„Na Papi, da guckst du, was? Ich weiß alles. Meine liebe biologische Mutter war nämlich bei meiner Pflegemutter, wollte sie bitten, mir alles zu sagen und uns dann zusammenzubringen." Er lacht wieder höhnisch. Meine MUTTER, ach ich sag lieber Christine, hat sich dann mit mir im Prinzenbusch getroffen. Wollte mir alles erklären, hat sie dann auch, hat rumgeheult und mir gesagt, dass sie mich endlich kennenlernen möchte, wieder gutmachen, dass sie mich damals nicht gewollt hat. Da hab ich so eine mordsmäßige Wut bekommen." Wieder sein Lachen, der ist ja komplett durchgedreht.

„Mordsmäßige Wut – das ist ja ein klasse Wortspiel! Auf jeden Fall habe ich sie vor Wut ein wenig gewürgt und dann weggestoßen. Ich wollte sie gar nicht umbringen, es war ein Unfall, sie ist rückwärts gefallen und mit ihrem Kopf gegen einen Stein geschlagen. Zack, tot, einfach so. Aber wer hätte mir das schon geglaubt. Also hab ich sie versteckt, dann abends mit dem Auto abgeholt und zum Sarglager von Niehaus gebracht. Ich hatte zufällig gesehen, dass so ein Hiwi die Tür einfach zufallen lassen hat. Hab dann extra nochmal unauffällig geschaut, ob sie noch offen ist. Ich kann dir sagen, das war ganz schön viel Arbeit, aber irgendwie…"

Ich hab vor Aufregung Leonies Hand gepackt, als wir ein unterdrücktes Aufstöhnen hören. Was geht da drin nur vor sich? Jetzt wieder ein leicht irres Kichern von Wolfgang:

„Läuft nicht so gut bei dir, was Papi? Aber keine Sorge, bald hast du es geschafft. Wo war ich stehen geblieben? Ach ja, ich fand es schon spannend, die Leiche meiner MUTTER", er spuckt das Wort förmlich aus, „so anschaulich zu drapieren. Ich war so gespannt, wer sie findet. Ich hätte mich am liebsten auf die Lauer gelegt. Aber ich hatte ja leider genug zu erledigen. Meine dämliche Ex hat mir ständig mit irgendwelchen

Forderungen in den Ohren gelegen, arbeiten musste ich auch und eure Geschichte im Tagebuch von Hannelore weiterlesen."

Leonie versucht, durchs Schlüsselloch zu schauen, sie schüttelt den Kopf als sie wieder hochkommt und wispert mir ins Ohr, man sehe nur den Mittelteil von Wolfgang und ein Stück Tisch. Ich würde ja gern die Tür ein wenig aufschieben, aber die knarrt bestimmt wie Hulle. Ich hab da eine Idee, aber, das wird kniffelig... Wolfgang spricht weiter.

„Dann sah ich diesen Bericht im BBV über diese Drag-Queen Madame La Bouche und daneben ein Foto wie sie oder er wirklich aussieht. Da habe ich dann euren Michael wiedererkannt. Er wusste alles, einfach alles. Und da reifte erst der Plan in mir, es euch heimzuzahlen. Im Darknet habe ich dann das Medikament bekommen, durch das du dich jetzt so unheimlich leicht fühlst. Ist doch witzig, oder, wenn man keinen Muskel im Körper mehr spürt, man aber alles um sich hören und sehen kann", wieder dieses gespenstische Lachen.

„Michael fand das auch, sagen wir, spooky. Ich hab ihn um ein Treffen gebeten. Ihm am Telefon erzählt, dass ich mit ihm über seine Zeit in Poona sprechen möchte. Das ich von meiner wahren Mutter erfahren habe und mich gerade mit ihr treffen wollte, als sie getötet wurde. Hab dann bisschen auf die Tränendrüse gedrückt, von wegen, wollte meine Mutter endlich kennenlernen, traurige Kindheit und dieser Quatsch. Dann bat ich ihn um ein

Treffen, damit er mir etwas über meinen Vater erzählen kann. Da konnte dieser Gutmensch natürlich nicht Nein sagen. Ich habe mich dann mit ihm im Prinzenbusch getroffen, abends und ihn dann dort in der Nähe meines Autos erst einmal mit Chloroform betäubt. Diesen Hof, wo du so nett auf dem Tisch liegst, hatte ich schon lange vorher im Auge, wollte ihn eigentlich mal kaufen. Tja, jetzt nicht mehr, man will ja nicht da wohnen, wo Leute umgebracht wurden, nicht wahr? Du musst mir nicht antworten, alles g..."

In diesem Moment passiert es, ich lehne mich vor Anspannung etwas gegen die Tür, welche knarrend aufgeht und ich mit ihr ins Zimmer stolpere.

Wolfgang guckt ziemlich verdutzt, als ich fast in den Raum hineinfalle. Er fängt sich aber schnell wieder, „Ach, die neugierige Nachbarin. Ich hatte fast den Verdacht, dass mir jemand folgt."

Wolfgang sitzt auf einer Art Barhocker vor Werner, welcher auf dem Tisch liegt. Mit einer Hand hält er eine Beatmungsmaske über Werners Mund fest, mit der anderen drückt er rhythmisch den Beatmungsbeutel. Werner guckt panisch zu mir rüber, sonst ist keine Regung von ihm zu erkennen.

„Ja, da guckst du Inge. Bist du allein, oder hast du deine Rentnergang mitgebracht?"

„Ich, ich, ja ich bin allein. Was machst du nur, Wolfgang, mach dich doch nicht unglücklich."

„Hast du alles gehört, Inge? Dann weißt du ja, warum jetzt mein Papi dran ist."

„Ja, Wolfgang, ich hab alles gehört. Nachdem du Michael betäubt hast, verfrachtetest du ihn hierher und hast ihn umgebracht. Dann hast du ihn bei Frau Thöne im Laden hergerichtet. Als Elektriker wusstest du ja wahrscheinlich, wie du die Tür des Geschäftes aufbekommst, ohne die Alarmanlage zu aktivieren. Aber wieso beatmest du Werner und machst nicht einfach kurzen Prozess?"

Irgendwie muss ich ihn ablenken, ich gehe unauffällig einen Schritt nach links, dort steht ein Besen an der Wand gelehnt. Wenn ich den erreichen kann...

„Liebe Inge, ich habe ihm und auch Michael", ein abfälliges Schnauben, „ein starkes Muskelrelaxan gespritzt, als sie betäubt waren. Das bewirkt, dass alle Muskeln erschlaffen und somit auch nach einer Weile die Atmung aussetzt. Ich beatme ihn einfach solange, bis ich ihm und damals auch Michael, den Grund für ihr baldiges Ableben", wieder dieses fiese Lachen, „erklärt habe. Dann wird der Tubusschlauch, um es ganz platt zu sagen, aus der Luftröhre gezogen und die Sache ist erledigt. Eigentlich total einfach. Ich fand das mit dem Gala4me-Geschäft von der Thöne war eine super Idee, sie hing ja auch irgendwie mit drin. Und ja, du hast recht, im Internet konnte ich alle nötigen Informationen über die Alarmanlage rausbekommen."

Ich bewege mich noch einmal einen kleinen Schritt auf den Besen zu. „Aber wieso hast du Hannelore umgebracht? Sie hat dich doch immer als ihren Sohn behandelt und geliebt."

Jetzt habe ich es hinbekommen, Wolfgang wird wütend. „Ich hab meine Mutter nicht umgebracht", schreit er hysterisch. Christine hat mich nach ihrem Tod kontaktiert und mir dann gebeichtet, dass sie an dem besagten Abend bei Mutter war. Christine wollte Hannelore überreden, dass sie mir die wahre Geschichte erzählt. Meine Mutter Hannelore hat sich allerdings geweigert und auf ihr Versprechen berufen, dass sie immer meine Mutter ist, und sich Christine nicht in unser Leben einmischt. Da hat Christine die Wut bekommen und meine Mutter die Treppe runtergestoßen. Sie hat im Wald rumgeheult und behauptet, es wäre ein Unfall gewesen und…"

In diesem Moment habe ich den Besen erreicht, ausgeholt und ihm damit eins über den Schädel gegeben. Jetzt überschlagen sich die Dinge, Wolfgang bricht zusammen und fällt vom Barhocker, dabei entgleitet ihm der Tubusbeutel. Leonie stürzt zur Tür herein, schnappt ihn sich und fängt augenblicklich an, Luft in Werner zu pumpen.

Gleichzeitig höre ich leise von draußen ein Martinshorn langsam lauterwerden.

„Leo du musst gleichmäßig weiterbeatmen, ich guck, dass die Polizei uns findet.

Wolfgang liegt bewegungslos am Boden, ich zieh ihn vorsichtshalber an den Beinen ein Stück weg und renne zur Vordertür. Inzwischen sehe ich schon das Blaulicht, das Polizeiauto biegt gerade von der Straße auf den Schotterweg zum Bauernhaus ab. Dahinter fährt ein RTW, die Kommissarin scheint ihn gleich angefordert zu haben. Ich stehe an der Vordertür und winke mit beiden Armen. Ich kann euch sagen, mein Herz schlägt bis zum Hals, wahrscheinlich muss ich gleich selbst beatmet werden.

Die beiden Kommissare springen aus dem Auto, die Tür des RTW öffnet sich und ein Arzt und ein Rettungssanitäter laufen ebenfalls zu mir. Ich erkläre kurz den Sachverhalt.

„Schnell, in der Küche liegt der Mörder, ich hab ihn mit nem Besen k.o. gehauen. Sein letztes Opfer, der Werner … er lebt noch und wird von meiner Enkelin beatmet.“

Hauptkommissar Wohlbeck guckt erst etwas konsterniert dann schiebt er mich beiseite, lässt dann noch die Rettungsmänner durch und geht dann ebenfalls schnellen Schrittes mit Oberkommissarin Hülskamp in Richtung Küche. Die Kommissarin tätschelt mir im Vorbeigehen die Schulter und fragt, ob ich okay sei. Ich nicke und laufe hinterher, um zu sehen wie es Leonie und Werner geht.

Als ich ankomme, ist Leonie sehr erleichtert, dass der Sanitäter ihr den Beatmungsbeutel aus der Hand nimmt und schließlich ein weiterer Mann aus dem RTW mit einer Trage kommt. Werner wird vorsichtig auf dieselbe gehoben und abtransportiert. Ich schaue zu Wolfgang, er ist in der Zwischenzeit langsam zu sich gekommen, sitzt auf dem Fußboden und wird gerade über seine Rechte aufgeklärt. Anschließend wird er von Wohlbeck am Arm hochgezogen. Der Rettungsarzt prüft die Vitalwerte von Wolfgang, nickt und geht in Richtung Ausgang. Der Kommissar legt unserem Nachbarn Handschellen an und führt ihn ab.

Von Leonie und mir kommt gleichzeitig ein hörbares, erleichtertes Aufatmen. Zurück mit uns in der Küche bleibt Frau Hülskamp. „Sie beide haben uns bestimmt noch einiges zu erklären, geht es Ihnen soweit gut?", fragt die Kommissarin.

„Ja, soweit ist alles gut, oder Omi?", fragt Leonie.

„Ja, bisschen zittrig, aber das wird schon wieder", antworte ich und lehne mich an den Küchenschrank.

„Dann ruhen sie sich jetzt erstmal aus und morgen um 10.00 Uhr haben sie beide einen Termin mit uns in der Wache in Bocholt. Sie trauen sich zu, allein heimzufahren?"

„Ja, das geht schon", antwortet Leonie für mich und nimmt mich am Arm.

Frau Hülskamp nickt. Inzwischen ist ein weiterer Polizeieinsatzwagen angekommen. Zwei Polizisten beginnen, während wir nach draußen zu unserem Auto laufen, das Bauernhaus großflächig abzusperren.

Wir beiden sitzen für einen Moment ruhig im Auto, der RTW ist schon weg, dann fahren die Kommissare mit Wolfgang vom Hof. Danach erst, startet Leonie meinen Wagen und wir tuckern ebenfalls in Richtung Rhede, ziemlich langsam, aber Hauptsache wir sind hier wieder lebend rausgekommen.

Kapitel 27 – Dienstag, 16. August 2022

Heute morgen bin ich ganz entspannt gegen 7.00 Uhr aufgewacht, sogar Rudolf, der Balinesenkater hat mir zur Abwechslung mal nicht seine Krallen in den Arm geschlagen. Nein, er lag schnurrend auf meinem Bett in Bauchhöhe. Dass ich das noch Erleben darf, manchmal war es mir direkt zu peinlich zum Arzt zu gehen, so viele Blessuren wie ich hatte.

Leonie hat sich gestern noch bei der Berufsschule abgemeldet, also können wir gleich ganz entspannt zusammen frühstücken. Ich schäle mich aus meinem Bett und gehe erstmal ins Bad, natürlich nicht, ohne vorher meinen Tierchen Futter und frisches Wasser zu geben. Für die Polizei wasche ich mir auch noch schnell meine Haare und streich mir ein bisschen Farbe ins Gesicht. Ich höre es in der Küche schon klappern und als ich aus dem Bad komme, hat Leonie den Tisch gedeckt.

Wir beschließen, dass ich eine kurze Runde mit den Vierbeinern mache, während Leonie sich stylt. Gesagt, getan. Als ich die Vordertür öffne, geht mein Blick zu Hannelores Haus. Ach, ne, ist das schlimm. Mit ein bisschen Einsicht und Mut zur Wahrheit, hätte man Wolfgang schon als Kind oder jungem Erwachsenen alles erzählen können. Dann würden alle vier Personen noch leben.

Plötzlich fällt mir mit Schrecken ein, dass ich gestern Abend so fertig war, dass ich dem Miss-Marple-Club gar nichts geschrieben habe... Ich krame mein Handy raus, hatte es auf stumm geschaltet und sehe zwölf eingegangene Nachrichten. Ich klicke die Gruppe an, Leonie hat ihnen noch in der Nacht von unserem Abenteuer berichtet. Allgemeines Ah und Oh, Frieda wollte gleich heute Morgen ins Bocholter Krankenhaus, um nach Werner zu schauen und tatsächlich, ihr Auto steht nicht wie sonst vor dem Haus. Sie ist überglücklich, dass wir ihren Liebsten retten konnten, wer weiß, wo er sonst heute als kalte, starre Leiche aufgetaucht wäre...

Ich geh ein bisschen durchs Komponistenviertel und verhindere grade noch, dass Rudolf auf den Spielplatz pullert, dass muss ja nun wirklich nicht sein. Als ich heimkomme, sitzt Leonie schon mit der ersten Tasse Kaffee am Tisch, der Toast liegt lauwarm auf meinem Teller. Meine Enkelin grinst mich an, „Na Omi, alles gut verdaut?"

„Ja, Schatz, alles klar. Aber sag mal, mir geht schon die ganze Zeit die Frage im Kopf rum, wie kommt man denn in dieses komische Darknet, man gibt ja sicher nicht bei Google ein: *ich will im Darknet verbotene Medikamente, Substanzen oder Bombenbauzeugs kaufen.*"

Leonie lacht sich schlapp, „Nee Omi, das nicht unbedingt. Da gibt es extra Browser, über die du da reinkommst. Aber so Sachen müsst ihr im Miss-Marple-Club auch nicht wirklich wissen, wer weiß, auf welche Ideen ihr dann kommt."

„hmmpf", mach ich, wenn es gerade spannend wird.

Leonie lehnt sich auf dem Stuhl zurück, noch ein bisschen total gesunde Nuss-Nougat-Creme im Mundwinkel. „Ein Glück, dass ich nach Rhede gekommen bin, ich find's hier cool. Nach Chemnitz zu meinen Ellies geh ich nich' mehr. Ich bleib bei dir und helf euch Morde aufzuklären."

Jetzt muss ich auch lachen, als ob Rhede die Hochburg des Verbrechens wäre, obwohl, seit ich hier aufgetaucht bin, ist die Bevölkerung schon ganz schön geschrumpft...

Wir fahren etwas früher zur Polizeiwache nach Bocholt. Dort angekommen, begrüßt uns die Frau Kommissarin nett wie immer, der Wohlbeck brummt nur etwas Unverständliches vor sich hin. Wir müssen noch einmal getrennt unsere Aussagen zu Protokoll geben, alles reine Formalität, wie betont wird.

Danach werden wir noch einmal zu den Beiden ins Büro gebeten. Der Kommissar lässt uns Platz nehmen. Moment, was passiert da plötzlich in seinem Gesicht? Ich fass es nicht, er lächelt. Es sieht zwar etwas gequält aus, wahrscheinlich hat er an dieser Stelle sehr wenige Gesichtsmuskeln, die bilden sich ja zurück, wenn sie nicht benutzt werden.

„Also Frau Schneider Junior und Senior, ich danke ihnen für ihre Mithilfe. Ich sage es zwar ungern, aber ohne sie wäre Herr Seggewiß jetzt tot. Wir haben Herrn Wolfgang Benning gestern Nacht noch verhört und er hat alles genauso zugegeben, wie sie es schilderten.", ja natürlich, denk' ich und nicke dem Kommissar zu.

Er spricht weiter, „Frau Schneider, sie haben sich wieder einmal unnötig in Gefahr gebracht! Sie hätten uns ja auch schon früher informieren können. Aber bei ihnen ist ja Hopfen und Malz verloren. Egal, vielen Dank - ich möchte sie beide und ihre Freundinnen nicht so schnell wieder sehen. Evelyn, begleitest du die Damen bitte zur Tür?"

Frau Hülskamp steht lächelnd auf und begleitet uns zum Ausgang. „Also, Frau Schneider, Leonie, sie haben das ganz toll gemacht. Auch wenn das der Herr Wohlbeck so nicht sagen würde. Sie beide haben echt kriminalistisches Gespür bewiesen. Leonie, vielleicht willst du ja noch umsatteln und zur Kripo gehen?"

„Ach nee, das muss nicht sein. Aber danke fürs Kompliment. Vielleicht werde ich ja Hobbyschriftstellerin dann kann ich gleichzeitig Mörderin und Polizistin sein", meine Enkelin grinst und gibt Frau Hülskamp die Hand. Mich umarmt die Kommissarin zum Abschied.

Als wir wieder zum Auto laufen, teilt mir Leonie mit, dass wir uns gleich bei Meduna in der *Seelenpforte* mit den Anderen treffen. Wir fahren also zu unserer Esoterikerin. Das Glöckchen an der Tür bimmelt und als wir eintreten, blicken wir in die strahlenden Gesichter aller unserer

Freundinnen. Frieda springt vom Tisch auf und rennt schluchzend vor Freude auf uns zu.

Sie versucht uns beide gleichzeitig in den Arm zu nehmen, schnieft und drückt erst mir, dann Leonie einen feuchten Schmatzer auf die Wange, vermischt mit Tränen, ich hoffe, es sind nur Tränen.

„Ich bin euch so dankbar, dass ihr meinen Werni-Schatzi gerettet habt. Ich dachte, ich hätte ihn verloren."

Sie zieht uns zum Tisch und stellt euch vor, es gibt heute keinen Krafttee sondern zur Feier des Tages steht eine Flasche Blaukäppchen-Sekt auf dem Tisch, dazu der selbstgemachte Holunderblütensirup von Meduna-Sabine. Wir stoßen an und müssen noch einmal ausgiebig alles Erlebte berichten. Unterbrochen werden wir von Irmgard, die sich mit hochgezogener Augenbraue beschwert, dass sie die ganze Aktion verpasst hat.

Marianne stuppst ihr mit dem Arm in die Seite und meint, dass sie wahrscheinlich vor Aufregung ohnmächtig geworden wäre. Gudula sagt, sie wäre gern dabei gewesen und hätte noch paarmal mehr mit dem Besen zugehauen.

Frieda sitzt still auf ihrem Platz, hat jetzt schon das zweite Glas Kribbelwasser weggeschlürft und grinst vor sich hin. Werner geht es den Umständen entsprechend gut. Er wird morgen aus dem Krankenhaus entlassen und soll sich vorerst noch etwas schonen. Frieda hat ihn zu sich nach Hause eingeladen, damit sie ihn betüddeln kann.

Plötzlich fällt es mir wie Schuppen von den Augen. „Wir haben doch die ganze Zeit überlegt, wem der Wolfgang ähnlich sieht, wisst ihr noch?"

Zustimmendes Nicken von allen Frauen am Tisch.

„Es ist mir gerade wieder eingefallen. Er heißt...", ich mache eine Kunstpause um Spannung aufbauen, „...Stefan Goldeisen".

Es kommt ein Ahhh, Ohhh, Gudula fasst sich an den Kopf. Leonie meint, da wäre sie nie drauf gekommen. Marianne stellt fest, dass es ihr auf der Zunge lag. Ich guck in die Runde und fühle mich hier und jetzt einfach nur pudelwohl.

Meduna schaut uns beide noch einmal prüfend an und meint, dass unsere Aura trotz der ganzen Negativität verhältnismäßig hell ist. Wir verabreden uns für heute Abend zum Sport, ausnahmsweise will Leonie auch mit zum „Rentneryoga" gehen, sie meint etwas Entspannung täte ihr gut. Sie hat extra auf den Sekt verzichtet und ein energetisch aufgeladenes Wasser mit Holundersirup getrunken, damit sie noch fahren kann. Wir quatschen noch ein bisschen und dann geht es nach Hause.

Leonie hat sich fürs Yoga eine schwarze Leggins mit giftgrünen Blitzen angezogen und dazu ein enges Top in den gleichen Farben, passt super zu ihren grünen Haaren.

Karina begrüßt uns an der Tür und wir erzählen ihr alle Details zu unseren erfolgreichen Ermittlungen. Sie ist total erleichtert, dass die Morde aufgeklärt sind und natürlich darf Leonie ausnahmsweise am Yoga teilnehmen.

Wir kämpfen uns durch sämtliche Tiere, Krieger und Möbelstücke. Wobei Leonies Boot auch dem Untergang nahe ist. Ich stelle fest, dass es leider keinen Panda beim Yoga gibt, schade – ich mag Pandas. Aber meinem alten Körper tut Yoga sehr gut. Und jetzt kommt das Beste an diesem Sport - die Schlussentspannung!

Karina beginnt, uns mit ihrer angenehm ruhigen Stimme aufs Loslassen vorzubereiten. Wir atmen gleichmäßig hörbar ein und aus. Sie geht mit uns auf eine Reise in ein Ferienhäuschen an der Nordsee. Ich kann fast die salzige Luft riechen, den Sand zwischen den Zehen spüren und die Wellen an den Strand branden hören. Moment, das sind keine Wellen, nein, von Leonie links neben mir höre ich ein entspanntes kleines Schnarchen und ein wenig Sabber hängt ihr am Mundwinkel. Ich muss grinsen, am liebsten würde ich mein Taschentuch nehmen und es ihr abwischen.

Dann ruft uns Karina aus der Entspannung, wir recken und strecken uns. Setzen uns in den Schneidersitz und nehmen die Hände vor die Brust. Karina bedankt sich für die schönen Stunden und sagt lächelnd:

Namasté und Tschüss

Nachwort

Liebe Leserin, lieber Leser

Jetzt ist das Buch schon durchgelesen. Ich hoffe es hat dir gut gefallen? Vielleicht hast du ab und an geschmunzelt, dich hoffentlich gut amüsiert und mitgerätselt. Hast du den Mörder eventuell sogar schon vor Inge und ihren Freundinnen entlarven können?

Es steckt wie immer viel Herzblut, Schweiß und Arbeit in meiner Krimödie. Ich freute mich beim Schreiben meiner riesig, wenn mir eine, bis dahin, fehlende Schnittstelle oder ein besonders lustiger Satz einfiel. Und ja, es ist viel EVA drin… Das bekomme ich immer wieder von denjenigen Lesern zu hören, die mich gut kennen.

Ich freue mich sehr, dass ich hier am Ende wieder Rhedenser aufführen kann, ohne die es dieses Buch in seiner Form nicht geben würde. Zu allererst Dr. Kai Skupin, der mir beim literarischen Morden half. Brigitte Niemann, die mir mit ihrer Ortskenntnis weiterhalf. Mein Mann Ralf, der mit mir das fertige Manuskript kritisch durchlas und noch einmal viele wertvolle Tipps gab. Meine Söhne Elias und Jonas, die mit mir zusammen für das Hochladen des Buches und das Erstellen des Covers zuständig waren. Weiterhin Werner Altemeier, der das Buch lektorierte und mir viele wichtige Erläuterungen gab. Ein bisschen fühlte ich mich in meine Schulzeit versetzt. Allerdings, lieber Werner – in deiner sehr liebevoll, wertschätzenden Art.

Und dann gab es ja auch noch Menschen, die die Handlung zum Leben erweckten. Ich glaube, das macht den besonderen Reiz meiner Bücher aus. Christoph Niehaus, der schon ganz früh in der Findungsphase der Handlung als Ausbilder von Leonie feststand. Allerdings werdet ihr vergebens nach dem von mir beschriebenen Sarglager suchen. Weiterhin meine liebe Yogalehrerin Karina Sonders . Du hast mir diesen Sport sehr wertvoll werden lassen und ich hoffe, keine Fehler eingebaut zu haben. Last but not least, Christa Thöne mit ihrem Geschäft „Gala4me" in Rhede. Ihr Mädchenname und der Geburtsort stimmen. Sie war allerdings nie in Indien oder in der Bhagwan-Sekte, diese Handlung ist frei erfunden. Liebe Christa, danke auch für die Möglichkeit, in deinem Geschäft mit dem wunderbaren Brautkleid – das Coverfoto zu machen.

Soweit ich weiß, gibt es bis jetzt in Bocholt auch keine Bar mit dem Namen „Diva Feeling". Leider gibt es in Rhede auch immer noch kein Esoterikgeschäft, dabei bereitet mir gerade *Die Seelenpforte* soviel Schreibfreude.

Ich kann dir momentan nicht sagen, ob Inge und ihre Freundinnen noch einmal ermitteln werden. Mal sehen, ob es nötig ist und es mir wieder in den Schreibfingern kribbelt.

Ab 2025 werde ich wesentlich weniger Zeit für dieses Hobby haben, da ich mein Berufsleben noch einmal komplett auf links drehe. Wir werden sehen...

Lass mich gern wissen, ob dir mein Buch gefallen hat.

Liebe Grüße

Eva Bennemann